パラドックス戦争 下

ドゥームズデイ

大石英司
Eiji Oishi

C★NOVELS

口絵・挿画　安田忠幸

目次

登場人物紹介

【日本】

●陸上自衛隊

《特殊部隊サイレント・コア》

土門《どもん》康平《こうへい》　陸将補。水陸機動団長。

〈原田小隊〉

原田《はらだ》拓海《たくみ》　三佐。海自生徒隊卒、空自救難隊出身。

畑《はたけ》友之《ともゆき》　曹長。分隊長。コードネーム：ファーム。

高山《たかやま》健《けん》　一曹。分隊長。コードネーム：ヘルスケア。

大城《おおしろ》雅彦《まさひこ》　一曹。土門の片腕として活躍。コードネーム：キャッスル。

待田《まちだ》晴郎《はるお》　一曹。地図読みのプロ。コードネーム：ガル。

田口《たぐち》芯太《しんた》　二曹。部隊随一の狙撃手。コードネーム：リザード。

比嘉《ひが》博実《ひろみ》　三曹。田口の「相方」を自称。コードネーム：ヤンバル。

吾妻《あづま》大樹《だいき》　三曹。山登りが人生だという。コードネーム：アイガー。

〈姜小隊〉

姜《かん》彩夏《あやか》　二佐。元は韓国陸軍参謀本部作戦二課に所属。

漆原《うるしばら》武富《たけとみ》　曹長。小隊ナンバー２。コードネーム：バレル。

福留《ふくとめ》弾《だん》　一曹。分隊長。部隊のまとめ役。コードネーム：チェスト。

井伊《いい》翔《かける》　一曹。部隊のシステム屋。コードネーム：リベット。

(訓練小隊)

甘利《あまり》宏《ひろし》　一曹。元は海自のメディック。コードネーム：コブラ・アイス。

各務《かがみ》成文《しげふみ》　三曹。新人隊員。母校の大学レスリング部の教育補助要員。コードネーム：フォール。

峰《みね》沙也加《さやか》　三曹。新人隊員。特技は山登りとトライアスロン。コードネーム：ケーツー。

花輪《はなわ》美麗《びれい》　三曹。新人隊員。北京語遣い。母は台湾出身。コードネーム：タオ。

駒鳥《こまとり》綾《あや》　三曹。新人隊員。特技は護身術。コードネーム：レスラー。

瀬島果耶《せじまかや》　士長。新人隊員。〝本業〟はコスプレイヤー。コードネーム：アーチ。

《水陸機動団》
司馬光《しばひかる》　一佐。水機団の格闘技教官兼北京語講師。
仲田栄光《なかだひでみつ》　一尉。小隊長。

●海上自衛隊
〝もがみ〟（五五〇〇トン）
玉置憲太郎《たまおきけんたろう》　海自二佐。艦長。
谷崎沙友理《たにざきさゆり》　三佐。副長。

●航空自衛隊
・総隊司令部
五十嵐潤《いがらしじゅん》　空将。総隊司令官。
倉崎昭治《くらさきしょうじ》　空将補。防衛部長。
市来夕貴《いちきゆうき》　一佐。情報課長。

・航空支援集団
《第一輸送航空隊》
別府克彦《べっぷかつひこ》　空自一佐。副司令。

●神奈川県警
柿本君恵《かきもときみえ》　警視正。警察庁サイバー犯罪対策班班長。
佐渡賢《さどけん》　警部。青葉署署長時代の柿本の部下。

●某大学
姉川祐介《あねがわゆうすけ》　教授。専門は生体工学。柿本の大学時代の恩師。
三原賢人《みはらまさと》　准教授。BMI（ブレイン・マシン・インタフェース）の新鋭、電子光学と生物学の博士号を持つ。

●その他
原田萌《はらだもえ》　原田の妻。旧姓名は、孔娜娜《コンナナ》／榎田萌。専業主婦だが、実は天才科学者。

剛《クオン》　ベトナム人の男の子。
高松蔵之介《たかまつくらのすけ》　博士。元は天才脳外科医。脳科学者へ転身後、研究の世界から退く。

【中国】

●遼寧省人民警察東京出張署

周宝竜《チョウバオロン》　一級警督（警部）。署長。半年前に来日。

●人材スカウト会社

賀宇航《ホーウーハン》　博士。精華大学出身の理学博士。

【アメリカ】

●空軍

トミー・マックスウェル　空軍大佐。魔術師《ソーサラー》ヴァイオレットとは旧知。
・第５空軍
レイモンド・スピッツ　空軍中将。司令官。
《第35戦闘航空団》
ポール・サンダー　空軍大佐。参謀長。ＮＧＡＤに精通。
・第８空軍
《第509爆撃航空団》
コービン・ライリー　空軍少佐。第13飛行隊副隊長。
カーラ・スワンソン　大尉。右席兵器システム担当士官。
・第11空軍
《第３航空団》
オースティン・カミムラ　空軍中佐。第90戦闘飛行隊隊長。ＴＡＣネーム：カミカゼ。

●海軍

レベッカ・カーソン　海軍少佐。魔術師《ソーサラー》ヴァイオレットの秘書で、戦闘機パイロット。

●国家安全保障局言語学研究所

サラ・ミア・シェパード　博士。ＡＩ言語学者。

●エネルギー省ペンタゴン調整局

魔術師《ソーサラー》ヴァイオレット　ミッション・リーダー。本名不詳。左腕に義手。〝六〇〇万ドルの腕を持つ女〟の異名を持つ。

【火星】

カーバ・シン　博士。ミッション・コマンダー。

アラン・ヨー　博士。メカニック・ディレクター。

リディ・ラル　博士。パイロット。進化生物が専門。医師の博士号も持つ。

アナトール・コバール　博士。パイロット。元はエジプト文明とマヤ文明を専門にする考古学者。

トーマス・ワン　エンジニア。火星で育った第一世代。工学博士号に向けて勉強中。

ムケッシュ・アダニ　世界の大富豪〝セブン・リッチ〟の一人。

パラドックス戦争　下　ドゥームズデイ

第九章　フェルミのパラドックス

医師であり進化生物学者でもあるリディ・ラル博士と考古学者のアナトール・コバール博士は、都合二年半、留守にした火星へと戻ってきた。ラル博士は、地球での休暇や、あれほど嫌がった講演旅行をそれなりに楽しんだ。背中がぱっくりと開いたドレスにも、どうにか慣れた。心ときめく出会いもあったし。コバール博士は、アフリカでの発掘作業に参加して大いにリフレッシュした。

地球は、この三年間、火星はロゼッタ渓谷遺跡での発見のニュースに沸いた。明らかに生物と思しき遺体を発見し、最初は何の道具だかわからなかったが、亜空間通信装置である遺物の発見と解明にも沸き返った。だがそれが生物なのか機械なのかの判別はまだ出来ていなかった。単に、超光速通信機能を持つだけなのか、ある種のワープ機能も備えているのかもと期待する人々もいた。

〝オカリナ〟と呼ばれたその物体は、似たような遺物が地球上でも発見されていた。機能はとっくに死んでいたが、ある種の宗教的遺物として扱われていた。

地球からの帰還も月経由で、ホーマン遷移軌道を使い三ヶ月で火星に戻ってきた。同じくホーマン遷移軌道を利用しての火星観光ツアーがピークとなり、富裕層を乗せた船が何隻も火星へと飛び立った。火星側では、彼らを受け入れるために、わざわざ臨時のホテルをレゴリスで作り、従業員《メイド》ロボットが地球から送り込まれたほどだった。

火星や月での人工物は、九九パーセント、現地で手に入る土壌を基としていた。

火星には、ガリレオ・シティという街があり、今は千人の〝火星人〟が暮らす。そのほとんどは、一方通行で、地球に還る意思のない人々だった。

氷床探査中のロゼッタ渓谷で、深さ二〇〇メートルの谷底に人工的に作られた遺物が発見されたのは今から十数年前のことだった。

発掘計画が慎重に立てられ、地球から大量の資材が打ち上げられ、発掘基地となるサイト‐αが建設された。地表から二〇〇メートルを降りるエレベータが建設され、自然の溶岩チューブを利用したらしい遺跡に入るためのエアロック構造が整備され、ようやくそこに人間が入ったのは、四年前のことだった。

奥まで四室ある人工的な空間は、オカリナが発見回収された第3室まで発掘作業を終えていた。

いくつかの特徴的な発見はあったが、コップや干からびたパン屑、何かの装飾品があったわけではない。基本的に無機質で、住人が引っ越す前に大掃除したような感じの空っぽな空間だった。

だが、最奥の第4室だけは違った。数千年単位の経年劣化により、第3室までは、レゴリスで作られたテーブルも壁も崩壊していたが、ドアで仕切られた最奥の部屋だけは、ほぼ原型を留めていた。塵も積もっていない。

その壁の人体に沿ってくりぬかれた窪みには、人間がロボットと認識できる二体の物体が、ドアの窓から確認できた。デザインは少し野暮ったいが、二本の脚と、二本の腕、そして頭部があった。

渓谷の地表面から二〇〇メートル降りたコールド・トラップと呼ばれる凍り付いた地面の上に、作業小屋が設けられている。オカリナ研究のために地上に作られたサイト・βに続いて、ここはサイト・γ《ガンマ》と名付けられた。ラル博士らが不在の間に整備されたのだ。エアロックはもとより、空調を含む生命維持システムからトイレまで設ける必要があった。

休憩室ひとつ作るだけでも大仕事だった。だいたいの構造物はレゴリスとプリンターで作れるが、空調システムにはまだ多くの金属パーツや特殊バルブを必要とする。そのかなりを地球からの輸送に頼っていた。

ラル博士らが不在の間、進んだのはその建築作業のみだった。アダムとイヴと名付けられたプールに入った生体の研究はそれなりに進んでいたが、どうやら知的生命体ではなさそうだという結論で、科学界の見解は一致を見ていた。

ラル博士が最初に見立てたように、それは生体シンスなり、ある種の奴隷生命体だろうと思われた。人工的に開発された生命体で、簡単な命令だけをこなせるペットみたいなものだろうと。

硬い骨格は持たず、脊髄に類するものまで軟骨で形成され、脳、耳や口はない。眼があるだけで、内臓組織も持たない。栄養は自分の肉体そのものから摂取し、脆弱な筋肉組織で動く。恐らく一週間、もしくは一ヶ月行動し、痩せ衰えて行動不能になったら、プールに入って身体はいったん溶解。栄養素のスープの中で、また一から同じ形態で成長する。その繰り返しで作動するのだろうと推測された。あの種の自己複製マシーンだ。

制御系のコンピュータの残骸が発見されなかったことから、その辺りまである種のバイオ・コンピュータ、いわゆるオルガノイド知能として自己生成されていたのではと思われた。

その研究をリードしたのは進化生物学者のラル博士だった。

やがて人類も、同様の生体を家畜のように生産して利用するようになるのか？　という問いに、ラル博士は、倫理的な問題は常に付きまとうので、人類社会がそうなるかどうかは疑問だと答えた。

何より、人類は今や、老人のシモの世話からセックスの相手までやってのけるシンスを手にしている。シンス相手の婚姻も容認されている。彼ら彼女らは、二〇世紀のＳＦ作家たちが予測したように、人間と全く区別は付かなかった。幸いなことに、彼らはまだ人類に反旗を翻したりはしていない。

人間は、産院で管理される、より安全な人工子宮で生まれるようになった。それでは味気ないという人々が、妊婦を模したシンスを欲した。そのシンスの中に人工子宮を作って、その中で胎児を育てたいというのだ。だがそれは、いまだに母胎で子供を産む女性への冒瀆だという反対運動に遭っていた。

ラル博士は、ある種の原理主義運動から批判のターゲットにされていたが、気にはしなかった。自分は人類のあるべき姿を説く立場ではなく、単にこれから起こるだろうことをただ予測するだけだ。

一方で、オカリナの解明はほとんど進んでいなかった。いかなる非浸潤性検査の電磁波も透過せず、肉眼では見えるのに、可視光センサーに映らないという奇妙な現象も起こっていた。ダイヤモンド・カッターで削れないほどその表面は硬く、これが生物なのか機械なのかすらわからない。

月と火星の超光速通信を可能としたことから、ある種の亜空間的存在だろうとは思われたが、そもそも、この時代になっても、亜空間を理論的に説明することが出来なかった。

本来なら最大二〇分以上のタイムラグが発生するはずの地上と火星間で、リアルタイムの双方向通信が出来るのは魅力だったが、使いすぎるとやがてエネルギーを失うだろうという警告のもとに、通信機としての利用は禁じられた。

国連に代わって地球を統治するようになったカンパニー評議会は、このオカリナの研究に関して、このまま続行すべきか、人類社会がもう少し進化して、その謎の解明が可能な理論やセンサーを開発できる日まで、いったん研究を封印すべきかの議論を始めていた。

第4室に置かれた二体のロボットは、人類の審美眼からすれば、一九六〇年代のアメコミに登場しそうな、野暮ったく退屈なデザインだと酷評されていた。

ラル博士らが地球に降りている間に、旧約聖書から取って、〃ヨナ〃〃ヨブ〃と命名された。大スポンサーの一人であるユダヤ人富豪による命名だった。

最初に発見された生体がアダムとイヴ、そしてロボットの命名も欧米的宗教に毒されている。なぜブッダやムハンマドでは駄目なのか？　という批判が出たが、ムスリムはそもそも偶像崇拝を禁じており、仏教を信仰する富豪は、この時代僅かだった。

ラル博士は、つい昨日まで、そのネーミング・ライツを買った大富豪の相手をしていた。地球と火星を往復するには最低でも三年間近く掛かる。南洋のビーチでのんびりとしていれば良いものを、物好きな連中だった。

二人の博士は、宇宙服に身を包み、第1室の手前、ヘブンズゲートと名付けたハッチ跡のさらに手前に立った。そこにエアロックが設けてある。

ヘブンズゲートはサイト‐γと完全に密着していたが、遺跡は気密構造が失われているため、火星大気圧と同調されている。そこに酸素はほとんど無かった。

レゴリスの残骸が綺麗に片付けられた第1室、第2室を通ると、オカリナが発見回収された第3室にもう一つ、緊急用の退避カプセルとして小さなエアロックが設けられていた。

地球での深海作業用の減圧カプセルに近い。宇宙服を着た状態では、四つん這いにならなければ出入りはできなかった。だが中に入って酸素を満たせば快適だ。トイレもあった。

退避カプセルの構造材は、ほとんどがレゴリスで作られている。他に必要なパーツは、ガリレオ・シティで使用頻度の低い箇所から持ってきた。

火星上のあちこちに、同様の緊急避難用エアロックが置かれていた。

二人は、そこで右手に提げた酸素タンクを足下に置いてホースを解除した。エア供給が自動的に背中の生命維持装置に切り替わる。

ハッチというかドアの構造は地球のそれと同様、スライド式のドアだった。だが、さすがにここだけはすでに一部が壊れて固着している。

室内の大気圧は外と同じ。エンジン・カッターで、あちこちすでに切れ目が入れられている。後は上部を切断してドアをこちら側に引き倒すだけだ。ドアを撤去したら、今夕日没前に、作業用の仮設ドアを設置できるよう、すでにフレームが設置されていた。

最後に、コバール博士がエンジン・カッターを持った。強力なバキュームホース付きで、舞い上がる埃を吸い取りながら上部を切り取っていく。

作業用人型ロボット二体が、それぞれ腕を4本出して、扉が倒れるのを防いでいる。

コバール博士がエンジン・カッターのスイッチを切り、少し脇へと退いた。窓ごと切り取られたドアがゆっくりと外され、ロボットが抱えて後ろへと下がる。室内に埃が舞うのを心配したが、幸い大丈夫な様子だった。

ガリレオ・シティで生中継を見守る全員が席に着くまで、二人はその場で五分ほど待たされた。

「リディ、先に入るかい?」

「もう十分よ。たまには貴方がその栄誉を受けて頂戴」

「了解。今回は、インパルス攻撃がないことを祈るよ」

「これだけ部屋が綺麗だと、ロボットの状態も悪くないはずよ。もし人感センサーが生きていたら、私たちが部屋に入った途端、ロボットが起動するかも知れないわ」

「遺跡の中で銃をぶっ放すのは感心しないな」

万一の事態に備えて、武装した宇宙海兵隊員《マリンコ》二名が待機していた。もしロボットが起動して襲ってきたら、対物狙撃ライフルで破壊するよう命じられていた。

「お二人さん、そろそろ始めよう。地球への生中継も始まる」

サイト-αから、その探検の指揮を執るメカニック・ディレクターのアラン・ヨー博士が呼びかけて来た。

「アラン、本来なら、貴方もここにいるべきよね。機械のことは貴方が専門なんですから」

「そうしたいのは山々だが、こういうことは、一歩下がって冷静に観察できる立場に留まった方が良い。でないと僕はそこでヘルメットを脱いでロボットにキスしそうだから。二人ともカメラは良好、鮮明に映っている。ゴーだ！――」

二人は、そこで一分間ほど深呼吸して呼吸を整え、酸素残量を確認した。まだ二時間は活動できる。宇宙服の中は小宇宙だ。湿度も温度も完璧に管理されて快適に保たれているが、いかんせん重たい。宇宙服だけで、エベレスト登山ほどの装備重量になる。

緊張を強いられる作業は一時間が限界で、発掘に当たる考古学者たちも、一時間作業したら、サイト・γまで戻って一時間の休憩を取ることが義務づけられていた。

ラル博士は、コバール博士に続いて部屋に入る直前、サイト・αに呼びかけた。

「アラン、解説はそっちでやってくれる？　私とアナトールの会話はたぶん、凄く微妙なものになると思うから」

「問題無い。それはガリレオ・シティでやってくれている。でも録音としては残るから、そのつもりでいてくれ」

「ええ。わかっています。今度は、オカリナが大人のおもちゃに似ているなんて言いませんから」

コバール博士が右手にランタンを持って部屋に入る。続いて、ラル博士は、先端にランタンが付いた三脚を持って入った。コバールは部屋の左側隅の床にランタンを置く。ラル博士は右側にそれを立てた。それで死角はほとんど無くせる。その上で、二人は、それぞれ小さなマグライトも手に持った。

マニュアル通りに二人は行動した。コバール博士が、ロボットが収納された側の部屋の左半分を、ラル博士が、テーブルが置かれた右側半分を調べる。奥にはラックがあり引き出しもあった。

「これ、ライブなんでしたっけ？」

「いや、万一に備えて一分間のタイムラグが設けてある」

とヨー博士が応じた。

「とりあえず、引き出しを一つずつ開けてみます」

テーブルの上には、何も置かれていなかった。その下にも何もない。まさに引っ越し作業が終わった後の部屋だ。ロボットが置かれていることを除いては。ラル博士は、引き出しをゆっくりと手前に引っ張ってみたが空だった。

「たぶん、全部の引き出しが空ね。埃が僅かに積もっている程度です……。アナトール、そっちはどう？」

「ロボットの周囲を観察している。ケーブル類は見当たらない。電源の類いも。充電装置も見当たらない。中に原子力バッテリーでも仕込んでいたのかな」

「恐らく、骨格自体がバッテリーだろう。進んだ技術なら当然そうする。別にバッテリーパックを腰に装着するようなことはしない」

とヨー博士が呼びかけてきた。

「ではそろそろ、ロボットに掛かろう」

二人は、壁の中で直立している二体のロボットの前に立った。直立はしているが、地震に備えたのか、窪みには斜度があり、上に行くに従って深くなっている。ロボットは恐らく二〇度近い角度で、壁にもたれ掛かっていた。

「しかし、何というか……。酷いデザインね」

「そんなことより、これが人間が描くロボット像そのままであることに留意すべきだ。大腿骨に膝、脛、踝、足。人間そのものだぞ。手の指は四本だが、関節の構造まで霊長類と同じだ。まるで、宇宙人が一九六〇年代にタイムスリップして、ハリウッドのスタジオから盗んできたロボットを、何かの悪戯目的でここに置いたとしか思えない」

「しかもダサダサ……。これがSF映画だったら絶対にあり得ないシチュエーションよ。きっと監督は、デザイナーに、スタイリッシュでサイバーなロボットのイラストを要求する場面よ。なのに……、これ、まるでサイバーマンね……」

「サイバーマン？」

「そう。二〇世紀から続くイギリスBBCで放映されていたSFドラマ〝ドクター・フー〟に登場する敵キャラ。古典SFだけど。ドゥームズデイで番組は終わったけれど、あのドラマの登場キャラって、子供向けだから、わざとダサく作られていたのよね。こんなのを地球に持ち帰って、予備知識無しに宇宙人の遺物ですと言っても、誰も信じないわよ」

「これさあ、地球ではもう、ぬいぐるみとか売られているんだよね？」

「文句は言えないわ。その版権で、エアロック一部屋分くらいの予算は確保出来たかもしれないから。ロットナンバーとかどこかに無かった？」

「無いね。製造番号や文字の類いは一切無い。そっちは無かった？」

「いえ。今の所ないわ。この知的生命体は文字を持たなかったの？」

「その可能性はある。文字は、文明進化の必須ツールではないという学説は昔からある。文明が進化すれば、文字は消えるだろうという説もある。たとえば、中国で生まれた漢字は、表意文字的要素を含むが、あまりにも画数が多いことで非効率だとの批判を受け、大幅に簡略化された簡体字へと進化した。昔のままの漢字を最後まで使ったのは日本人だけだった。彼らは、変化を嫌う民族だったからね。ラテン語は、結局はもっともシンプルな英語のみが生き残った。でもエスペラントは流行らなかったね。あれは効率的な言語だったが。いずれにしても、人間は本を読まなくなったし、

その必要も無くなった。マシン言語は、何がしたいかを問えばコンピュータが勝手にプログラムを書いてくれる。今は音声で互いの意志を伝え合っているが、いずれはテレパシーや脳プラント化された通信デバイスで、以心伝心の時代が来るだろう。言語以外の思考方法を身につける時代もくる。もしこれらのロボットがプリンターやロボットによって製造されたとしたら、パーツにロット・ナンバーを振る必要は無い」

ロボットの身長は二体とも一五〇センチだ。二体のロボットにデザイン上の差異はなく、明らかに量産品だ。表面の質感は金属質で、色や模様はない。この文明の持ち主は、とことんまで装飾や芸術に関心がなかったらしい。

「アラン、このロボットのご感想は?」とコバール博士が無線で尋ねた。

「一言で感想を言うなら、これはフェルミのパラドックスだな。機械工学的に言えば、このロボットは間違い無く地球製だ。それも一五〇年は昔のそれだろう。二足歩行動物が進化すれば、どれも似たような姿になるという学説はあるにはあるが、関節の数まで同じになるものなのか? 両眼は顔の正面を向いているものなのか?……」

「何でしたっけ? そのフェルミの何とかって……」とコバール博士が聞いた。

「地球外生命の可能性と、分けても知的生命体との接触に関するパラドックスのことよ。こんなにも宇宙が広く、あちこちに知的生命体が誕生しているとしたら、地球人類はなぜそれらと接触していないのだ? 実はとっくにわれわれは彼らと接触しているのではないか? いやそもそも宇宙は広すぎるからすれ違うことは無いのだという、パラドックス論争ね」

アランに代わってラル博士が説明した。

「仮にだ、お二人さん。このロボットが地球外の知的生命体によって作られたとしたら、恐らくその地球外生命体は、地上を軌道上から眺め、棍棒で殴り合っているネアンデルタール人とホモサピエンスを見付けて、そのデザインを真似たロボットを作ってみたんだろう」

「それには賛成出来ないわ、アラン。このロボットには耳、鼻、口もない。センサーとしては、両眼の半導体素子だけよ。もしヒトに似せるなら、そこまでするでしょう。あるいは、アダムとイヴで創世の実験をしていたのかも知れないけれど。いずれにしても、このデザインは、全く頂けないわね……。SF映画の脚本家に、こういう筋で物語を書けと命じるプロデューサーがいたら、みんな頭を抱えるわよ。このロボットには、いかなる合理性もない。あまりに安っぽくて見窄《みすぼ》らしく、退屈だわ。一世紀前に作られたホンダのアシモはまだ可愛かったし、ボストン・ダイナミクスのアトラスには未来を感じさせるものがあった。なのにこれは……」

「サイバーマン？」

「なんだか、それを言うと、サイバーマンのデザイナーに失礼かもと思えるほどよ。とにかく、この知的生命体にはデザインのセンスはない。たぶん、芸術とは無縁な種族だったのかも」

「考古学者として、それは賛成出来ないな。技術の発達は、芸術性とセットだ。芸術的センスがなければ、技術は進化しない。レオナルド・ダ・ヴィンチがそうだったように」

「コバール博士、次のステップに取りかかろう。マリンコを待機させる」

破壊されたドアの外で、二人の宇宙海兵隊員が、膝撃ち姿勢で腰を下ろし、いかつい対物狙撃ライフルの薬室に弾を一発送り込んだ。

幸いにも、ここ火星で銃が発砲されたことはない。だが、暴動に備えて警察は火薬式の銃も装備していたし、宇宙海兵隊は、カンパニー所属とは言え、消防やレスキューなど、多方面で危険を冒して活躍していた。

ラル博士が部屋の端まで下がってロボットから距離を取った。何事も起きないことを願うしかなかった。オカリナ発見時は、起きないはずのことが起きた。

あの時、ラル博士がオカリナに触ろうとした瞬間、後にインパルス攻撃と名付けられたショック現象が起こった。ラル博士とコバール博士はその場で気を失い、それを生中継で見ていた火星上の人々全員に、悪夢のようなフラッシュ現象が発生した。核爆発や飢饉など、人類の負の歴史が一瞬脳内で再現されたのだ。

それが起こったメカニズムは、今も全く未解明なままだった。何かの警告だろうということは皆、なんとなく理解したが、それがどういう意味かまではわからなかった。この後に、何らかの現象や症状が現れるのか……。

コバール博士が、右手にマグライトを持って「では瞳孔反射テストを開始する」と告げてから、ロボットの一体の両眼部分にその眩しい光を当てた。

光を当てる角度を少しずつ変化させながら、ロボットの反応を見た。もしこれがある種のスリープ・モードにあり、外的刺激に反応して目覚めるようなら、何らかの反応があるだろうと思われた。博士に襲いかかるなり、眼からレーザー光線でも出すなり。

ロボットの両眼は、人間の眼球ほど大きくは無い。だが覗き込むと、半導体の受光部の前面に、保護用のガラスやレンズ構造があることが見て取れた。恐らく可視光だけではなく、赤外線も見えるはずだ。

ロボットは裸の状態だが、左胸のやや肩に近い所に、ある種の光学ライトのような丸い部分があった。直径からしてレンズではなく、センサー（眼）用のライトだろうと推定されていた。

コバール博士は、五分ほど費やして、二体のロボットのあちこちにライトを当ててみた。もちろん反応は無かった。

「フェーズ2テストに移る」

「了解。環境マイクは入っている」

ライトで、肩の部分を少し叩いて見る。

「叩いた感じでは、プラスチックや樹脂というより、金属に近い感じだな」

「同感だ。こっちで波形も見ているが、金属の反響音に近い。内部にはある程度の空洞もあるようだ」

コバール博士は、続いて頭部から順に、コツコツと叩いて膝の辺りまで試した。

「続いてフェーズ3テスト」

ドア口に立つスタッフから、内視鏡レンズを受け取った。コバールの専門分野だった。コバール博士は、医師のように自在にそれを使いこなす腕を持っていた。

映像をヘルメットのゴーグルに投影し、内視鏡をロボットの背中側に入れた。

「特に、壁側と接続している部分は見当たらない。背中にはポートの類いも無さそうだ」

「こっちにも見えている。ここで充電しているとしたら、非接触型の充電機能だろうな。だがおかしいな。アクセス・パネルが見えない。きっと背中側にそれがあると思ったのだが。すると、このロボットの内部にアクセスするにはどうすれば良いのだろう……」

「首は回転できるようだ。二回回したら頭が外れるとかじゃないかな？」

「肘や膝の関節部分にはたぶんメンテナンスが必要だ。砂が入り込む」

「フェーズ4。人間の手で触ってみる。と言っても分厚いグローブ越しだが……」

コバール博士は、内視鏡を足下に置くと、右手の指であちこち触ってみた。どこにも弾力はなく、僅かに埃は被っているが金属質だ。ただ一つ、手だけは違った。

「指の関節部分はシリコン状の物質で覆われており、指全体に弾力がある。数千年経過して、この弾力を維持しているのは凄い。掌には膨らみがあり、これは地球上の動物全般の手の構造と似ていると思う。という評価で良いかな、リディ？」

「ええ。そこだけ霊長類に似ているわね。とりわけ現世人類に。このロボットは、コップを握れるし、たぶんドライバーも器用に回せる」

ラル博士は、背後から少し近付いて覗いてみた。

「このボディ、結構使い込まれた跡があるわね。あちこち傷があって、足の爪先とか、少し摩耗している。こちらは使い捨てでは無かったようね」

「リディ、このボディだが、中に操縦者がいる可能性はあるかな？」

とヨー博士は真面目な声で聞いた。

「胸の奥に可愛いコクピットがあって、中に干からびて化石化した身長十五センチの宇宙人がいるか？　という質問なら、私の答えはノーよ。この部屋は、そのサイズの知的生命体が寛《くつろ》ぐには大きすぎる。巨人相手にここで外交交渉していたのでもなければ、このサイズのロボットを作る理由がない」

「では、フェーズ5、最後の実験だ」

コバール博士は、両足をかなり開き、腰を入れる感じで前に出ると、左側に立つロボットの胸のやや下に両手を宛がった。ラル博士が少し屈んで、ライトの光を足下に当てた。足の裏に、何かのポートがあるかもしれなかったからだ。

「じゃあいくぞ！……」

コバール博士は、腰に力を入れて、「よし！」とロボットを抱き上げてみた。ほんの五センチほど抱き上げた。宇宙服のセンサーが重量を計測し、三五キロと表示した。

「もう良いわよ、アナトール。足裏や足首にポートやロック機構はありません」

コバール博士が「ふう……」とロボットを降ろした。

「ヨー博士。こんな感じだが、感想は？」

「ああ。中を覗くのが楽しみだ。覗ければの話だが。リディ、このロボット自体が知的生命体である可能性は無いと断言できるかな？」

「生命体の定義にもよるわね。シンスへの人格アップロードを求めている人々は、元の肉体は、たとえ変わらず意識があっても、殺して構わないと言っている。肉体は消滅させるべきだとも。知的生命体の進化が、肉体を捨てることだとしたら、このロボットの回路のどこかに、知的生命体の意識がインストールされている可能性はある。彼らはただ、仲間がこのボディを回収しに来る日まで、ここでスリープモードに入っているのかもしれない。切り刻むのはお勧めしないわ。もし仲間が帰ってきたら、地球人類への報復として、太陽系ごと抹殺されかねないから」

気が付くと、すでに五〇分が経過していた。

「今日は、サプライズもなしに、この宇宙服を脱げそうだ。あと五分、見逃しが無いかもう一度確認しよう」

引き出しは全て開けた。開けた印に、全ての引き出しは五センチ近く手前に引き出したままだ。

「テーブルはあるのに椅子はないんだな?」

「ロボットに椅子は不要よね。ここには、やはり生命体は居なかったのだと思うわ。知的生命体と遜色が付かないレベルに進化したシンスと、それを助ける隷属的生体ロボットが派遣されたか、もしくは、遭難したか何かで、生命体はやがて絶滅し、ロボットだけが取り残されたのではないかしら」

コバール博士は、壁伝いに部屋を移動しながら、いつも持ち歩いている作業用の刷毛を腰のベルトから抜き、刷毛の頭部分でコツコツと壁を叩き始めた。

「この壁の向こうには何もないわよ? ミューオンにニュートリノ、人工地震、ありとあらゆる地中探査方法を試した。この部屋の構造も、ほぼ事前の観測通りだったわ」

「ピラミッドを作った古代の設計者たちは、そののちにピラミッドを透視できる技術が生まれるだろうことを知らなかった。だが、ここを作った宇宙人たちは知っている。地中を透視する技術があることをね」

「ならどうして、オカリナを残したの? ロボットはともかく、あんなのをわざと残す理由がわからないわ。やがて地球の重力を振り切り、宇宙探査を始めるだろう人類に、何かの技術を残したかったとも思えないし」

「それは謎だな。祭事的な意味合いがあったのかも知れない。このおもちゃの謎を解けなければ、これ以上、先に進むなとか」

コバール博士は、壁の三面をあちこち叩いてみた。宇宙服越しなので、地上の遺跡でそれをやるのとは少し要領が違ったが、この壁の向こうに空洞があるようには思えなかった。

ハプニングは無かった。少し拍子抜けした部分はあったが、その日の発掘作業は成功裏に終わった。

発見された二体のロボットの評判は、地球ではやはり不評だった。文明が進化すると、知的生命体は退屈な発想に堕落するのかもしれないと落胆が広がり、これはやはり、未来にワームホームを開いて宇宙旅行しようと試みた地球人が、何かの失敗で太古に飛ばされ、地球文明の進化に影響を与えまいと火星に留まった時の名残だろうという推測が信憑性を持ちつつあった。たいした遺物を残さなかったのは、ここまで辿り着くだろう地球人に、オーバー・テクノロジーな技術を与えないためだ。

その説には、いくつかの欠陥があった。では、ここで宇宙人の遺跡を発見したという事実は地球人類の歴史として残ったはずなのに、未来人はなぜ失敗するとわかっていたその旅行にチャレンジしたのか？　オカリナはいつの時点でどうやって入手、もしくは発明したのか？

それらの合理的な疑問を突き詰めて行くと、やはり地球外生命体の来訪なのではないか？　という説は一定の説得力を持った。ただ人類は、彼らの意図を解明できないだけなのだと。

ここにも、フェルミのパラドックスが満ちていた。

二体のロボットのうち、一体はその後回収され、いったんサイト・βに安置された。オカリナと並べての調査が開始された。

西暦二一〇三年の出来事だった。火星は、砂嵐の季節を迎えようとしていた。

アメリカ東部夕刻、国防総省は喧騒の中にあった。あちこちで怒号が飛び交っている。四大ネットは、中国大陸、ソヴィエト北極圏、そしてハワイ沖東洋上で発生した核爆発に関して繰り返し放送していた。

　その核爆発は、三ヶ国でほぼ同時に、いずれもそれぞれの自国の大陸間弾道弾が発射され、起こった。各国政府を脅してきたのは、〝コロッサス〟を名乗るテロリストで、各国政府の全面降伏を求めている、とのことだった。

　脅迫状は政府関係者の随所に届いていたが、なぜかメディアには一通も届いていなかった。そして同じ内容の脅迫状が、それぞれの言語で中ソ両国にも届いていた。

　国防総省内にあるエネルギー省ペンタゴン調整局のオフィスで、Ｑクリアランスを持つ日系人女性は、自室の椅子で睡魔と格闘しながら、ペーパーの山を捲《めく》っていた。

インターネットが汚染されている危険があるため、ありとあらゆる情報がファックスでやりとりされていた。

　国家安全保障局《NSA》言語学研究所のＡＩ言語学者・サラ・ミア・シェパード博士は、束ねたコピー用紙を持ってその部屋を訪れた。

　魔術師《ソーサラー》ヴァイオレットには、いくつかの呼び名があった。ヴァイオレットは、エネルギー省高官としてのコード・ネームであって、彼女固有のものでない。彼女に関しては、〝六〇〇万ドルの腕を持つ女〟、彼女の本名を知る者たちは、親しみを込めてＭ・Ａ《エムエー》と呼ぶが、これが許されるのは、もちろん彼女自身が友人と認める者たちだけだ。

　もっとも、その友人たちですら、Ｍ・Ａがどういう名前の頭文字なのか知らない者もいた。

「貴方、私の名前を検索したんですって？」

「はい……。その、何というか、興味がありまして」

　ばつが悪い顔でシェパード博士は詫びた。インターネットで、彼女の正体を知ろうと検索を掛けてみたら、背筋も凍るような警告が返ってきた。こんなことが出来るなんて、よほどの重要人物に違いなかった。

「それね、私が仕掛けたんじゃないのよ。私が古巣を出る時、私の安全のために、同僚が仕掛けたトラップなのよ。でも、今やるべきことではなかったわね。この敵は、私の存在に気付いたかも知れないから」

「はい。軽率な行為でした……」

「それで、犯人からの脅迫状が一気に増えたわけだけど、ご意見は？」

「脅迫状以外のことで引っかかっています。これらの脅迫状、全米各地のプロバイダやオフィスから発信されています。一件一件、ＦＢＩが当たっていますが、それぞれセキュリティに問題があり、簡単に乗っ取られています。ですが問題はその規模で、一人でこなせる作業量ではありません。それなりの規模の、軍隊レベルのサイバー戦部隊を総動員してようやくこなせる作業量です。同様のことが、ロシア、中国でも行われています」

「ソヴィエトと中国ね？」

　とヴァイオレットは細かな所を修正した。

「私、どうしてもソヴィエトとロシアを混同してしまうんです。というより未だにソヴィエトが復活したという現実を受け入れがたくて……」

「私もあるわね。実際、彼らは旧ソヴィエト時代の面積を回復したわけでもないし。でもまあ、旧ソヴィエト領の厄介事をモスクワが納めてくれるというならわれわれは歓迎するわよ。世界の隅々にまで関心は配れないから」

　秘書のレベッカ・カーソン海軍少佐が入り口を

ノックして入って来た。こちらも紙の束を持っていた。

「日本政府から、例の報告書が届きました。遭遇した自衛隊部隊の報告書込みです。NSAとFBIが、速やかに、かつ完璧な翻訳を欲しがっています！」

「レベッカ……。それひょっとして私に言っているの？　NSAには毎日、日本政府外務省や総合商社の通信を盗み見して翻訳している部隊がいるじゃないの？」

「ええでも、彼らはネイティブじゃありませんから」

「私もそうです。シェパード博士、あなた、タイピングは速そうね？」

「はい。自信があります」

「レベッカ、お願いしていた、古いラップトップとプリンターは届いた？」

「はい、MS-DOSですが、テキストを打ってプリントする分には問題ありません。通信機能はないので、侵入は無理です」

「では、私が訳して読み上げますから、博士に打ってもらいましょう」

ヴァイオレットは、まず自衛隊の報告書に視線を落とした。

「……あら、空挺の第四〇三本部管理中隊じゃない。なんでいきなり彼らが出ているのかしら……」

ヴァイオレットは、卓上のメモ書きに二つのコードを走り書きした。

「レベッカ、この紙切れを、習志野の空挺団にファックスして下さい。コロッサスの暗号名を〝サクラ〟、ガーディアンのそれを〝ツバキ〟と設定します。そして、第四〇三本部管理中隊の部隊長と至急、話がしたいと。この件に関して、突っ込んだインタビューをしたいと伝えて」

「はい。こちらの名前はどう伝えましょう?」

「エネルギー省で良いわ。幸いコロッサスはまだ、私の存在に気付いていない。先にラップトップを寄越して! 向こうと電話が繋がるまでに、翻訳を仕上げます」

少佐が大股で出て行く。

シェパード博士は、呆気にとられた顔だった。

「日本の自衛隊の一部隊のファックス番号をお持ちなのですか?」

「人民解放軍の全部隊の基地司令官の携帯番号をわれわれが知っていると言ったら貴方は信じる?」

ヴァイオレットは茶目っ気ある視線で応えた。

日本との電話回線が繋がるまでの間、ヴァイオレットは、その自衛隊と警視庁の報告書を素早く訳した。それをシェパード博士がパソコンに打ち込む。CPUとして、ペンティアムのシールが貼ってあった。

「いったい、この横浜での誘拐劇は何ですか? 訳がわからないわ……」

シェパード博士は、オーバー・テクノロジーな技術というフレーズにも面食らった。何か脈略の無いテキストを打っているような気分だった。

「しかし、単純な事実ですが、コロッサスとガーディアンは別物ですね。別人格です。コロッサスは、比較的センテンスが長く、時々、小説から詩的なフレーズを引用したりしますが、ガーディアンにその傾向は無い。声明は常に短く、簡単明瞭です。同一人物が書いたテキストとは思えない」

「なるほど。それは重要なポイントね」

カーソン少佐がノックして「繋がりました! 3番です」と告げた。

「素早い反応ね」

ヴァイオレットは、右手にメモ帳とペンを手に取ると、電話をスピーカーホンにした。

「ハロー！　ハロー、こちらは合衆国エネルギー省の者です」とゆっくりした英語で喋り始めた。

「これ、どこと繋がってんだ？」という日本語が聞こえて来た。

「エネルギー省です。そちらに原田《はらだ》三佐はいらっしゃいますか？」

とヴァイオレットは日本語に切り替えた。

「えーと……、通訳の方ですか？」

「いえ。貴方は土門《どもん》陸将補ですね。私は、ヴァイオレットです。ソーサラーの」

「ソーサラー？　つまりペンタゴン調整局のオフィスにいるQクリアランスを持つ？……。聞いてないな。そんな所に日本人がいるなんて」

「日系人です」

「うちの原田とはどういうお知り合いで？」

「アスペンで、父がお世話になりました。ガルさんや、アイガーさんもお元気だと良いですが」

習志野駐屯地・第一空挺団・第四〇三管理中隊、その実、特殊作戦群隷下の特殊部隊〝サイレント・コア〟を率いる土門康平《こうへい》陸将補が「ゲッ！――」と品の無いうめき声を出す音がペンタゴンまで届いた。

「オメガ！――。しかし、貴方はフォートミードにいらっしゃるのでは？」

「ええ。他人の秘め事を覗くことにうんざりして、最近エネルギー省に転職しました。そちらの事件報告書を入手しました。今起こっている事態を把握してらっしゃいますか？　いえ、将軍が極めて優秀な方だとは、皆さんからお聞きしましたけれど」

「米中ソヴィエトでの核爆発のことでしたら、われわれに出来ることはありません」

「NGADが日本政府に空中給油を求めていることはご存じですか?」

「NGAD?　それは極秘のステルス戦闘機のことですか?」

「はい。無人のまま北米を飛び立ち、太平洋を越え、今日本に近付いています。もし日本政府が空中給油しなければ、列島のどこかに核を落とすと言っています」

「それは初耳だ。いずれにせよ、陸上部隊のわれわれに出来ることはありませんが?　核を積んでいる?　無人で?」

「はい。無人のまま誰かに操縦されて飛んでいます。それは開発中の核ミサイル〝トールハンマー〟を積んで飛んでいる。目的は不明です」

「済まないが全て初耳です。いずれにせよ、弾道弾や戦闘機のことも、私の部隊ではいかんともし難い」

「サクラの脅迫状はご存じですか?」

「コロッ……、失礼、サクラですか?　内容までは聞いてません。何しろ日本政府には届いていないので。ツバキは、昨夜初めて出て来た。ツバキの事件は、所詮カルトか何かの国内テロです。核弾頭を爆発させるような技術力があるとは思えない」

「ええ。どういう連携なのか、こちらもさっぱりわかりません。ただ、この二つの事件は間違いなく繋がっています。もし地上で対応が必要になったら、将軍の部隊に出て頂くしかない。警視庁SATの手に負える相手ではない。三沢《みさわ》の部隊から、セキュアな通信ソフトを至急届けさせます」

「オーバー・テクノロジーが嚙んでいるという話がある。米中ソヴィエトで同時に核ミサイルを発射できる技術なんて、尋常ではない。わが国の手に負えるような事件ではなくなった」

「密接に連絡を取り合いましょう。姜《かん》二佐と話をさせて下さい」

「わかりました。いったん保留にします。それにしても、貴方の日本語は見事だ」

「ええ。私、ギフテッドを超えるサヴァン症候群ですから」

シェパード博士は、ギフテッドに続く「サヴァン」というフレーズだけ聞き取った。昨夜というか今朝方ここを初めて訪れた時に、彼女はギフテッド以上だと説明されたのはこのことだったのか。

「知りたい？」とヴァイオレットはシェパード博士の表情に気付いて言った。

「いえ。プライバシーですから。ただ、私の知識の範囲内では、サヴァン症候群は、もっぱら男性に現れ、かなり強いレベルの自閉症にごく稀に見られる症状です。女性で、しかも貴方に自閉症があるようには見えない」

「研究者によると、私のは異例中の異例なケースだそうです。片腕が無く、両足が酷く湾曲して生まれたのは、父がベトナムで浴びた枯れ葉剤のせい。自閉症傾向は無いと言えば嘘になるけれど、いずれにせよ、語学に関して特別な習得力を持っています」

日本の習志野駐屯地で、土門は電話を保留にして、急ぎ姜彩夏《あやか》二佐に説明した。

「オメガに関して、司馬《しば》さんから何か聞いたことは？」

「いえ。政府高官か何かですか？」

「アメリカ合衆国陸軍中将。NSA元ロシア分析官。そして、あの人のナイフ格闘術の師匠だよ。今話しているシリアル・キラーの生みの親と言って良い。アスペンの例の騒動で、原田君が世話になった。その時は彼女はまだNSAにいた」

土門は、保留ボタンを押して「お待たせした、ヴァイオレット、姜二佐が話す」と告げた。

「姜二佐、挨拶は抜きで。この、やりとりですが、原田萌《もえ》さんが再度人質になった時の敵とのやりとりですが、ツバキが子供を寄越せと言った理由はわかりますか？」

「いえ、全く。謎だらけです」

「機械が喋っているようだった？」

「はい。しかし、わざと音声合成装置を使った可能性はあります」

「その通り魔事件だけど、オーバー・テクノロジーはあったと思いますか？」

「わかりません。警察も、その辺りはまだ確信が持てないようです」

「土門将軍、これは人間による犯行だと思いますか？　それとも暴走したコンピュータの犯罪だと」

「私は、人間による犯行だと思っている。通り魔事件は合理性がなく、警視庁の報告書では、短時間で殺人を繰り返すスプリーキラー的傾向があると書いてある。うちの駐屯地を襲撃した行為に至っては、単なる力の誇示だ。犯人の強い自己顕示欲と、愉快犯的傾向を感じる。コンピュータがシンギュラリティを起こして自我に目覚め、相当に歪んだ性格を身につけたのでなければ、これは間違い無く、人間による犯行だ」

「何か、未来的な要素を感じますか？」

「管理厳重な核ミサイルを三ヶ国から乗っ取って発射するだけのハッキング技術を、在野の何者かが持っているとは考えにくい。それは貴方の専門だが、誰かが未来から技術的な援助を与えた可能性は否定できない。方法は知らないが……。昨夜から、ネットの中に、強力な力を持った何者かが潜んでいて暴れ回っています。それで、事件現場の監視カメラ映像が全て消去された。並のハッカーによる妨害工作ではない。

　ところで、警視庁やうちの報告書はどうやって入手されたのですか？　まあ、聞くだけ野暮か……」

「ええ。そういうことを止めないから私はあそこを辞めたんです。連絡を密にしましょう」

「その無人の戦闘機編隊は、どう対処すれば良いのですか？」

「敵の要求を受け入れるしかないでしょう。敵は躊躇わずに核を使うでしょうから」

「要求は何なのですか？」

「混沌を極める人類社会の管理です」

「世界を見ていると、日本人ですら、時々コンピュータに政治を任せた方が上手く回るのでは、と思いますよ。ではまた——」

　土門は、電話を切ると、隣室の指揮通信室に入った。

「おい、誰か、コロッサスとガーディアンの意味を知らないか？　ググるなよ！　絶対検索するな」

「コロッサス？……。これはまた懐かしい」

　姜小隊の技術担当・リベットこと井伊《いい》翔《かける》一曹が、うす暗い部屋の奥から答えた。

「映画に登場するスーパー・コンピュータの名前です。公開は確か一九七〇年丁度だったかな。SF映画の古典です。邦題は『地球爆破作戦』。あの時代ですから邦題は酷いですが、もともとの原作小説のタイトルが『コロッサス』です。戦略核兵器を管理する最新コンピュータが起動したら、次々と学び初めてシンギュラリティを起こす。ところが、コロッサスは、ソヴィエト側でもガーディアンという名の同様のコンピュータが存在することに気づき、この二者は、互いに協力して、人類を支配下に置こうと結託する。人類を脅す過程で核を発射し……。その後のSFに大きな影響を及ぼした」

「映画『ターミネーター』のスカイネットみたいなものか？」

「あれとは決定的に違いますね。スカイネットは人類を滅ぼそうとした。コロッサスは、人類の管理を望んだだけです。自分の方が優れた統治者になれるからと」

「米中ソに現れたコロッサスは、核ミサイルを強奪して発射しているのに、日本に現れたガーディアンは、駅前で通りがかりの人間を殺戮し、専業主婦と子供を誘拐しただけだぞ？　やっている犯罪のスケールが違い過ぎるだろう。偶然じゃないのか？」

「どこかで繫がっているんでしょう。われわれはただその環にまだ気付いていないだけで」

「責任重大だぞ。われわれの行動が人類社会の運命を左右することになる」

「せめて、原田夫人が拉致されたルートでもわかれば追えますが、現状では警視庁もお手上げの様子ですし……」

「これより部隊をデフコン2に上げる。原田小隊を首都圏から出す。万一、首都に核ミサイルが投じられる可能性に備えて。どこが良い？」

「軽井沢方面にも落ちる危険はあるし、東富士演習場辺りが理想ではないですか？　もし航空部隊が生き残れば、拾ってもらえるし」

「ナンバーワン、意見は？」

「妥当な選択だと思います。演習場なら、駐屯地の支援も得られますし」

「よし決定だ。訓練小隊は、習志野演習場内で待機。姜小隊は、ここで五分待機だ。ここの警備は、空挺がやっているからさすがにもう襲撃は無理だろう。警視庁から何か情報提供があるまで全員交代で睡眠を取れ。長丁場になるぞ」

わからないことだらけだ。誰かが、あるいは未来人が核ミサイルや戦闘機を盗んで何かをしでかそうというのならまだわかる。あるいはオーバー・テクノロジーな技術がどこかにあって、それで殺戮を繰り広げようとする輩もいるかも知れない。だが、その両者が組んでいったい何をしようというのか。

パラドックスというか、あまりに非合理だと土門は思った。

第一〇章　NGAD戦闘機

　海上自衛隊の新鋭艦、FFM〝もがみ〟（五五〇〇トン）は、凪いだ洋上で、その優美な船体に朝陽を浴びて黄金色に輝いていた。

　速度と針路を固定すると、背後から水しぶきを立ててCH‐47JA大型ヘリコプターが接近する。だが、着陸はしない。CH‐47は、このクラスの軍艦の飛行甲板に着艦するには大きすぎた。

　飛行甲板の真上でホバリングすると、ファストロープが降ろされ、フル装備の水機団隊員が次々と甲板に降りてくる。

　最後に、装備が入ったバカでかいバッグがいくつか降ろされると隊員はそれらを回収して艦内へと消えた。ファストロープが巻き上げられ、CH‐47はまた飛び去って行った。

　合計十一名の隊員は、装備を担いでヘリパイ用の搭乗員待機室へと向かった。

　艦長の玉置憲太郎《たまおきけんたろう》二佐が現れると、一人を除いて全員が直立不動の姿勢を取った。

「仲田栄光《なかだひでみつ》一尉以下、十一名、乗艦許可願います！――」

「乗艦を許可する。歓迎する。幸か不幸か、本艦は普通は哨戒ヘリを積んでない。無人機がいる程度だ。ここの椅子は八席しかないんだが、あとはパイプ椅子で良いかな？」

「構いません。床で間に合います！」

「そうもいかん。それで、先生は何の御用で？」

と艦長は、自分より年上の女性に尋ねた。

「それが聞いてよ。本来部隊を率いるはずだった中隊長殿が、昨日、事故っちゃって。高速をクルーズモードで走っていたら突然、ハンドルが切られて。幸い自損事故で済んだけれど、本人鎖骨を骨折して入院中。次席は今、有志国会議で、部隊長のお供としてメルボルン。三人目は、自分が駐屯地を留守には出来ないと断り、あんた暇だろうと。横須賀はどう？」

「ええまあ、長崎時代のようにはいきませんね。いろいろと気ぜわしい」

玉置は、艤装員長として、水機団部隊がいる長崎の造船所通いが長かった。長崎滞在中、彼女の北京語の授業を受けた一人だった。

「てっきり特警隊が来ると思っていたのですが？」

「水機団も臨検のスキルを学びたいとかで、希望を出していたそうよ」

陸上自衛隊水陸機動団・格闘技教官兼北京語講師の司馬光《ひかる》一佐は、いつもの横柄な態度で喋った。司馬だけ一人、民間軍事会社風のラフな格好だった。防弾ベストの類いはない。迷彩柄の長袖にプレートキャリアのみの軽装だ。ＦＡＳＴヘルメットはすでにぶん投げてあった。

「ニュースは聞かれましたか？」

「ええ。良くわからないニュースだけど。この艦にも女性乗組員がいるのよね？　大陸側に近付くのは拙《まず》いんじゃないの？　しばらく子作りできなくなるわ」

「空自は、集塵ポッドを装備した練習機を飛ばすそうですし、被曝状況は、それなりにシミュレートできるそうで、危険が及ぶようなら、早めに避難します。本艦にも一応、ＮＢＣ防御はありますが、肝心のフィルターは買ってないので、ひたすら逃げることしか出来ません」

「ガイガー・カウンター、一応持って来ましたけどね」

「助かります」

「で、貴方の任務は何なの？」

「こちらで話してよろしいですか？」

「士官室の椅子って、ここよりボロっちいわよね？」

「瀬取《せどり》の情報があり、無人ヘリや無人艇の運用テストも兼ねて、日本海航海中だったわれわれに警戒命令が下されました。必要なら臨検を実施せよとのことです。どういう荷物の瀬取かのディテールの情報はありません。これからすっ飛ばして大和碓《やまとたい》へと向かいます」

「援護は得られるの？」

「はい。厚木《あつぎ》から哨戒機が飛んで来ます。空自も、必要なら戦闘機を出してくれるでしょうが、この混乱で、その余裕があるかどうか」

　女性士官が現れた。

「紹介します。本艦の副長、谷崎《たにざき》沙友理《さゆり》三佐です。副長、お茶の後で、司馬一佐に戦闘情報統制室《ＣＩＣ》を案内してくれ。貴方のお世話を命じました。部屋は、艦長室を使って頂くということでよろしいですか？」

「良いのよ、気を遣わなくとも。女性乗組員用のベッドで構いません。三日もお世話になることはないでしょう。せいぜい今日明日で。どうせみんなそれどころではなくなるわ。夕方には、いったん舞鶴《まいづる》まで戻れということになるわよ」

　艦長は、「後を頼む」とブリッジへと引き揚げた。

　副長は、艦長室に案内しますからと、司馬の荷物を部下から受け取った。

「本当に良いのよ。貴方は士官室は使っていないの？」

「ベテランの女性下士官と同居して使っています。最初はいろいろあったのですが、やはり書類仕事とかあるので……」

「そうよねぇ」

艦長室に案内すると、副長はドアを閉めて「何かお聞きでは無いですか？」と尋ねた。

「何かって？」

「大和碓で瀬取なんて聞いたこともありません。北朝鮮の沿岸部から離れすぎている」

「でもほら、韓国海軍のレーダー照射事件も、あの近くだったでしょう？　本当は韓国が絡んだ瀬取の現場を見られたことで……、という噂も出たじゃない。そういう問題はそちらのご専門だけど」

「艦長は、貴方がいらっしゃることで、てっきり何か極秘の作戦でも進行しているのだろうと仰ってました」

「たとえば、瀬取を装った重要人物の亡命とか？」

「私と艦長は、そういうことではないかと話していたのですが……」

「私は何も聞かされていませんね。仮にそれが亡命だったとして、手引きするのは米側だろうから、彼らは最後の最後までそういう情報は寄越さないわね。両睨みで行くしかないわ。現場に海保の巡視船はいないの？」

「普段なら、常に一、二隻はいるはずですが、今はいません。一隻向かっているという情報は貰っています。巡視船の不在が意図的なものかは不明です」

「やれやれだわ。たまに長崎から出ると、厄介事に巻き込まれて戻れなくなる……。何にせよ、機銃くらい撃てるから、何かのお役には立てるでしょう」

「よろしくお願いします。淹れたてのコーヒーをお持ちしますから。その後、自慢のＣＩＣをご案内します」

「この艦、未完成なのよね？」

「はい。このクラスは建造費五百億円という縛りがあり、十分な建造費を確保出来なかったので、後日装備というのが多いです。無人艇は間に合いましたが、肝心の垂直発射装置《VLS》は未装備です。なので、攻撃力はほとんどありません。最近はうちも米海軍を見習ってベースラインという表現を使うのですが、ベースラインで言えばゼロですね。本来課せられた使命の六割も果たせない」

　副長は、司馬のスタイルに一瞬戸惑った。足首にホルスターがあって短いナイフが刺さっている。腰にも、ピストルではなくバヨネットのホルスターがあった。

　艦長からは北京語講師だと聞いていたが、異様に引き締まった肉体だ。いったい彼女の本業は何なのだろうかと思った。


　在日米軍横田空軍基地では、航空自衛隊総隊司令部と在日アメリカ空軍司令部ビルが並んで建っている。地下道で互いが往き来できるようになっているが、その日、総隊司令部の面々が空軍司令部側ビルに入れたのは、協議をリクエストしてからだいぶ時間が経過してのことだった。

　スクリーンが並ぶシチュエーション・ルームの隣室で、第5空軍司令官のレイモンド・スピッツ空軍中将が、総隊司令部の一行を出迎えた。総隊司令官の五十嵐潤《いがらしじゅん》空将、防衛部長の倉崎昭治《くらさきしょうじ》空将補、情報課長の市来夕貴《いちきゆうき》一佐の三名。

　迎える側は、スピッツ中将の他は、横田では見慣れない空軍大佐一人だけだった。

「紹介しよう。三沢から来て貰った。第35戦闘航空団参謀長のポール・サンダー大佐だ。しばらく、ＮＧＡＤプログラムに関わっていた。今、極東にいる空軍将校で、ＮＧＡＤに一番詳しい男だ」

「こんな所に来て良いんですか？　三沢《みさわ》はそれどころではないはずですが？」

　と五十嵐が聞いた。

「大佐の話では、努力はするが、出来ることはほとんどないと言っている」

「大変申し訳ないが、私の知る知識では、ＮＧＡＤの撃墜は不可能です」

　サンダー大佐は、済まなさそうな顔で言った。

「では、三沢のＦ‐16戦闘機は、何のために飛び回っているのですか？」

「われわれは最後まで諦めなかったというアリバイ作りのためです。これなら行けそうかも知れないという作戦でハワイ沖で出迎えたが、通用しなかった」

「遅くなって申し訳ない。ＮＧＡＤに関してどこまで日本側に情報開示して良いか、国防総省とホワイトハウスで調整が必要だった」

　中将が、たいして悪びれずに言った。

「日本に核を撃ち込むと脅しているんです。状況の深刻さを理解してほしい」

　五十嵐は、強い口調で告げた。

「済まないとしか言えない。だが、君らの疑問にはほぼ答えられるはずだ。頼む大佐……」

「では、ご説明します。まず、三沢から空自のＥ‐２Ｄを出して下さったことに感謝します。しかし、Ｅ‐２ＤのＵＨＦレーダーにＦ‐22戦闘機はたまに映りますが、ＮＧＡＤは映りません。現状、ＮＧＡＤが見えるレーダーがないことは確認しています。赤外線ならそれなりに近付けば見えるが、そもそも近付くのが至難です。ＮＧＡＤの光学センサーは先に敵戦闘機を発見して回避します」

　サンダー大佐は、書き殴ったメモ帳に視線を落としながら説明した。

「最新型のＡＩＭ‐120、最新型のＡＩＭ‐９でも無理ですか？」

「アムラームのレーダー波は通用しないし、サイドワインダーのイメージ誘導も効果はありません。なぜなら、ＮＧＡＤは防空用のレーザーを装備しています。出力は言えないが、向かってくるミサイルのシーカーをレーザーで焼き切る。全天球方位へ向けてそのレーザーを発射できます。死角はない」

「そのレーザーは連射できるのですか？」

「二、三〇発は全く問題無い。日英伊で共同開発している将来戦闘航空《FCAS》システム、日本にとってはＦ‐３戦闘機ですが、われわれは、それで計画されている発電量をすでに達成している。マルチ・ドメイン空間とデータ・リンクし――、もちろん今は全てオフラインになっているが、つまりＦＣＡＳが十年後を目処に実現しようとしている性能全ては、すでにＮＧＡＤで実現している。こう言っては何だが、ＦＣＡＳプログラムがどれほど順調に進んでも、ＮＧＡＤの性能を超えることはない」

「大佐……、言葉は選んでくれないと」

　と中将が不快な顔をした。

「しかし、事実は事実です。われわれはそれだけ先のことを考えて開発したのですから。仮に今、ここにＦＣＡＳが一個飛行隊いたとしても、四機のＮＧＡＤには絶対に勝てません」

「ミサイルで駄目なら、バルカン砲という手もあるわけだが……」

　サンダー大佐は、五十嵐空将に向かって、少しフフッという感じの笑みを漏らした。

「まず、NGADに接近するのが無理です。向こうは、F‐22を圧倒するスーパー・クルーズで、あっという間に空戦空域を離脱します。NGADのレーザーは、基本的にミサイルに対してしか撃たれませんが、戦闘機の翼面を焼き切り、コクピットのキャノピーに穴を開ける程度のパワーは持っています。接近は勧められないし、何より今は無人で飛んでいる。だとしたら、NGADは、人間パイロットには不可能な高G機動を繰り出して、敵機の背後を取るのみです。たとえ四対一の戦いでも、NGADは勝利します。何度もシミュレーションしました。一機対四機、バルカン砲のみの空中戦をシミュレートすると、必ず無人のNGADが勝つ。F‐22といえども……」

「一機対六機では？」

「やりました。NGADが勝つ。ただし、これはシミュレーション上の話であって、実機でそれをやったら、味方同士で必ず空中衝突事故が起きます。お勧めしません」

「あの……、大佐。では三沢のF‐16部隊は、何をしに飛び立っているのですか？　アリバイ証明だけではないですよね？」

と市来一佐が尋ねた。

「プレッシャーを掛けるためです。NGADのAIは、基本的に、われわれ人間パイロットが長年蓄積してきた戦闘データをもとに判断している。数百キロ離れた所から、複数のレーダー波が飛んできたら、われわれはまずそれを回避しようとするでしょう」

「やっていることは、スプーフィングでしょう？　三沢の部隊は対北朝鮮用の敵防空網制圧任務部隊《SEAD》だ。たぶん、衛星測位システム《GNSS》の周波数をなりすます《スプーフィング》ための電子戦ポッドを抱いて飛んでいるはずです」

　市来一佐が、畳みかけるように問うた。

「ああ……、その件に関して話す許可を得てない」

　と大佐はスピッツ中将を見遣った。

「許可する。話せ――」

「はい。自分は反対しました。効果はないと。ただ、自分の部隊とは言え、ＮＧＡＤの能力に関して情報開示する権限は無かったので、効果が無い理由は話せなかった。ＮＧＡＤは、自前のＧＰＳはもとよりロシアのグロナス、中国の北斗衛星のデータも取得して飛んでいます。他にも、民間衛星のＧＮＳＳも利用し、毎秒、自分がジオフェンシングや、スプーフィングに遭っていないか自己診断プログラムを走らせている。騙すのは無理です。逆に、ＮＧＡＤはそれらを仕掛けることもあるが」

「ジオフェンシングって何だ？」

　と中将が聞いた。

「仮想的なフェンスを、特定のエリアに掛けることです。たとえば、われわれの偵察用ドローンは、万一このエリアに入ってしまったと判断したら、ただちに引き返すか、地面に突っ込んで自己破壊するようプログラムされています。それで敵に機密が渡るのを阻止できる。スマホのワイファイでもあります。このエリアに入ったら、ワイファイ機能がオンになるようにとかね。ただし、ＮＧＡＤは全て想定済みです。人間が判断に迷うような場面でも、ＮＧＡＤの自己診断プログラムは完璧に動作します」

「スプーフィングは、その核ミサイルに対しても無効なのですか？」

「トール・ハンマーの情報は持ち合わせていないが、何しろ最新鋭の極超音速ミサイルです。無効だと思った方が良いでしょう」

「迎撃が困難なことはわかった。次に空中給油の件ですが、NGADを操っている犯人は、どうして米空軍にそれを求めないのですか?」

五十嵐が次の議題に移った。

「今現在、ここ横田に自前の空中給油機がいないことが大きいでしょう。嘉手納《かでな》やグアムから呼び寄せる必要がある。ただ、自分の個人的見解としては、手の内を知っている者に近寄らせたくないのでしょう」

「たとえばの話、フライングブームの先端にC4爆薬をくくりつけて、コンタクトした瞬間に、給油機の機内から爆破することも可能ですよね?」

「ええ。四機同時にそれが出来ればね。一機吹き飛んだ途端に、核ミサイルが日本のどこかへ向けて発射されることでしょう。あれはペトリのPAC3でも2でも迎撃はできない」

「しかし、変だ。空中給油機とランデブーするということは、姿を見せるということですよね? その瞬間は危険じゃないですか?」

「まず、無人機に給油させて、距離が出てから安全な空域で空中給油するか、あるいは、二機がまず給油し、安全と思われる場所まで脱出した後、次の二機が給油を受けるか。とにかく、四機同時に破壊できるという確証が無ければ、手は出せません」

「その後は? 延々、空中給油を繰り返して飛び続けますか? それとも大陸へ向かって核を落とし、第三次世界大戦を誘発するか」

「二、三日は、飛び続けるんじゃないですか。列島周辺で」

「戦闘機はデリケートな乗り物だ。自分はイーグル戦闘機しか知らないが、どんな戦闘機も、ほんの三時間飛んで降りてくるだけで不具合が出る。

ボロボロになり、メンテナンスが必要になる」

「F‐22戦闘機はそれで失敗した。われわれはその反省から学び、メンテナンス・フリーとまでは言わないが、このクラスの最新鋭機にしては、あり得ないほど頑丈な戦闘機に仕上げたつもりです。従来型のどの戦闘機より、メンテの手間は少なくて済む」

「いや、それはちょっと信じられないな。戦闘機は呆れるほど手間暇が掛かるものだ」

「実験したことがあります。無人でどのくらい飛び続けられるか。空中給油を繰り返しつつ、四八時間は飛び続けた。それ以上飛ばす合理的理由を見いだせずに地上に降ろしたが」

「たかがシステムだ。人間が作ったシステム。どこかに穴はあるだろう」

「今となっては、私もそう信じたいですが……」

「NGADが核兵器を搭載していることは、遅かれ早かれ、中ソも知ることになる。空中給油を続けるということは、日本が核兵器の出撃基地を提供することと受け取られるだろう」

「他に選択肢があれば良いが……」

「目的は何なのですか？　そもそものコロッサスは、本当に目覚めたAIなのですか？」

　五十嵐はスピッツ中将に質した。

「軍は、判断は下していない。アメリカの核システムをハッキングしてどこかで爆発させるというならわからないでもないが、中ソまで同時にやってのけるほどのハッカーはいないだろう。そういう意味では、実行犯はAIかも知れない。だがAIに命令を下しているのは人間だと思うな。ひとつ間違えれば、世界大戦の引き金を引きかねないのに、人類社会は自分たちが統治した方がましだみたいな矛盾した発想は、いかにも人間的だ」

「第5空軍は、明確な撃墜命令を受けているわけですよね？」

「核を発射させる隙を与えることなく、それが可能だと判断できた場合に限ってね」

「一回、給油をやってみましょう。それで、敵がどれだけ警戒しているかがわかる」

「実は、その給油に関して、ひとつ浮かんだアイディアがあります」

とサンダー大佐が口を開いた。

「NGADに限らず、われわれは悪意ある者による整備や給油を想定していない。燃料に不純物を混ぜてエンジンを停止させる手がある。この場合、サボタージュだと見抜くまで時間が掛かる」

「やらないでもないが、官邸の許可を得るのは無理だな。リスクが大きすぎる。コロッサスと対話は出来ないのですか？」

「出来ない。方法が無い。FBIの人質交渉人がどこかで待機していて、やあ元気かい？　君の助けになりたいんだ！　とか調子の良いことを言うんだろうが、何しろ、交渉するための窓口がない。敵は、勝手にこちらのシステムに侵入して、ただ命令してくるだけだ。むしろわれわれは、日本警察に期待している。ガーディアンが地上にいるとしたら、捕まえられるだろう」

「捜査の進捗状況は聞いてませんが、こっちはこっちで時間が掛かるでしょう。そうだな……。駅前での無差別殺戮なんて、確かにAIっぽくない。ロジックがないというか、論理的に破綻している。いかにも人間の仕業だ。相手が人間なら、どこかでミスを犯す。そのミスを誘い出せば良い。もう一点、これが単なる陽動作戦で、われわれの注意が削がれている隙に、何か別の事態が進行している可能性はないか？　どうです、将軍」

「それも含めて注意喚起はしている。NGADに注意力を奪われて、他を疎かにするなと。現状では、コロッサスは、米中ソに等しく接しているが、コロッサスが中ソにとっても敵だとは判断できない」

「日本海で、瀬取の情報が一件。これは海上自衛隊が警戒に当たっています。念のため、われわれも近くから援護することになっていますが。さらに警戒を密にさせます」

「この事態が長引くようなら、海兵隊や海軍の連絡将校も参加させよう」

「良いアイディアだ。われわれも海空のオブザーバーを参加させます。サンダー大佐は、三沢へお帰りに？」

「いえ。自分はここに留まります。ことNGAD対策は、どこにいようが出来ることは限られますから」

「うちのF‐3にも無人機モードを組み込む予定だったのだが、止めることになるだろうな」

「現代の航空機は、自動操縦装置をちょっと弄れば無人機に変身する。この流れは止められない。たぶん、来年の今頃は、こんな事件など無かったことになりますよ。技術の進歩を止めるのは不可能です」

「一〇年後、ＮＧＡＤとＦ‐３が模擬空戦をやる時には、大佐にもぜひ立ち会ってほしいな」

五十嵐は自信ありげに申し出た。

「ええ、もちろん！　楽しみにしていますよ」

空自側の三人が席を立つと、五十嵐空将がふと思い出したかのように、「そう言えば、グアムのアンダーセンから、B‐2爆撃機が飛び立ったそうですね。管制とのやりとりもなく……」とスピッツ中将を見据えて呟いた。

「ああ、それね……」

中将はまずい顔で、「座ってくれ」と指図した。

「準備が出来たら、日本政府に通達することになっている。〝フライ作戦〟と名付けられた。釣りの疑似餌《ぎじえ》だ。作戦参加機は、いかなる情報としても存在していない。核付き巡航ミサイルを搭載した二機のB‐2が、日本列島へと向かっている。F‐22の護衛付きで。言うまでもなく西太平洋は、多くの民航機や貨物船コンテナ船が往き来している。だからどこでも使えるというわけではない。そこは慎重に検討させている。たぶん、誰も巻き込まずにとはいかないだろうが……。それに、敵は、核攻撃を想定した編隊間距離も保っていることだろう。

ハワイでの迎撃が失敗した時に、大慌てで立てた作戦だ。サンダー大佐の発案だ。説明してくれ」

「はい、将軍――。たぶん、核と聞いて誤解なさるでしょうが、これは核爆発の爆風でNGADを叩き墜そうとするのが目的ではありません。そもそもそれは困難です。核ミサイルの速度は知れている。NGADは、撃たれたのが核だとすぐ気付く。その気になれば、スーパークルーズで逃げれば良い。振り切れずとも、射程圏外への脱出は可能でしょう。遅かれ早かれ、NGADは、B‐2爆撃機の接近に気付くはずです。彼らは、B‐2と距離を取るよう行動するか？　私は逆だと判断した。NGADは、B‐2を撃墜しに掛かるでしょう。何も空対空ミサイルを撃つ必要は無い。接近して、たっぷりと時間を掛けて、レーザーでB‐2の巨大な翼を焼けば良い。ただし、その作業には時間が掛かる。そこを、護衛に付いていたF‐22で襲いかかります。攻撃はなるべくバルカン砲のみで、と命じてあります。アムラームは、システムを乗っ取られる可能性があるし、サイドワインダーは、囮《おとり》程度にしか使えないでしょう」

「F‐22だから勝てるわけではないと先ほど聞いたばかりのような気がするが……」

「ＮＧＡＤの強みは、ネットワークです。一方のＢ‐２爆撃機は、その四発エンジンが生み出す強力なパワーの電子戦機能を有している。その電子戦で、ＮＧＡＤのネットワーク機能をまず潰します。交戦中、ＮＧＡＤは、僚機とのリンクが断たれて、各個で戦うしかなくなる。そこが狙い目です。Ｆ‐22は、Ｆ‐35と違い、ネットワーク機能を持たない。だから、乗っ取られる心配も無い。今回は、それが強みになるでしょう」

「期待できますか？」

「相手が、中ソの機体ならね。コロッサスは今、米軍のほぼ全てのネットワークを乗っ取って監視している。作戦の全ての作業を手作業に頼らざるを得ず、参加するパイロットの技量に依存する部分も大きい。単純に、バルカン砲のみの格闘戦となっても、ＮＧＡＤの方が性能は上です。何しろＧの制限も受けないし。われわれが想定する位置に接近中なら、ＮＧＡＤはそろそろＢ‐２の存在に気付く頃です」

「状況のモニターは出来ますか？」

「交戦状態に入ったら無線封鎖は解除になるが、こちらにライブ中継するような余裕はないでしょう。位置情報を送ってよこすわけでもないから、終わるまではわかりません。パトロールを装《よそお》ったＰ‐８哨戒機を近くに配置はしてありますが」

　空自側の三人は、今度こそ席を立った。フライ作戦に関する話は聞かなかったことにするから、早めに公式ルートで政府に伝達してくれるよう要請した。

　列島近海で核を使うことになったら、民航機や太平洋航路の船舶の被害は免れないだろう。それはそれとして、政府には、空中給油やむなしという報告を上げるしか無かった。

　この後さらに地上に降りて、あれやこれやメンテしろという要求が来なければ良いが。そもそもそんな次世代戦闘機のメンテをする技術も無いのに。

アメリカ空軍第509爆撃航空団第13飛行隊の二機のB-2A爆撃機は、グアムはアンダーセン空軍基地にローテーション配備中だった。何もなければ、週末には、基地のホワイトマン空軍基地へと戻れるはずだった。

高温多湿のグアムは、機体の維持に神経を使う。センサー内の結露が原因で姿勢制御に失敗、離陸時、パイロットが緊急脱出を余儀なくされたこともあったほどだ。

第13飛行隊副隊長のコービン・ライリー空軍少佐は、左側機長席で、時々身を乗り出しながら澄んだ青空を見詰めていた。高度は二万フィートを僅かに超える程度だ。

F-22A〝ラプター〟戦闘機にとっても、その辺りの高度が一番戦い易い。

B-2部隊は、NGAD強奪の情報を入手してから、直ちに行動を起こした。複雑なルートを使って核兵器の使用許可を取り、嘉手納にローテーション配備されているF-22戦闘機部隊を八機、護衛に付ける手立てを取った。

F-22戦闘機は空中給油機を伴い、フライ作戦全参加機はあらゆる信号を消して飛んでいた。彼らがどこにいるのか、精確な位置情報を持っている部隊はいなかった。

空中給油機は、決められたポイントで待機するのみ。F-22戦闘機は、決められたコースで飛んでいるだろうB-2爆撃機の後を時間差で追い掛けるのみだ。

レーダーも入れず、かと言って、彼らが搭載している光学センサーは貧弱だった。前方赤外《IR》線監視装置《ＳＴ》もあってないようなものだ。

「こっちを当てにしないで下さいね。Ｂ‐２のＩＲＳＴもおまけみたいなものですから。夜間飛行は、原則として暗視ゴーグルに頼っています。レギオン・ポッドなら二〇〇キロの距離で発見する目標が、一〇〇キロ以下の距離でないと見えない。Ｆ‐22にＩＲＳＴが付いたという話は聞かないけどなぁ……」

　少佐は、背後の補助シートに座る第3航空団第90戦闘飛行隊隊長のオースティン・カミムラ中佐に尋ねた。ＴＡＣネーム〝カミカゼ〟を持つパイロットだった。

　嘉手納から飛んで来る部隊も、元はアラスカにいる部隊で、嘉手納展開はローテーション配備だった。

　カミムラ中佐は、たまたまアンダーセンを訪れていて、そのままＢ‐２に乗り込むことになった。

「いろいろあったんだよ。とにかく機外には付けられない。爆弾倉にレギオン・ポッドを搭載して、使う時だけハッチを開けていたんじゃステルスにならないし。最終的に、コクピットのどこかに付けることになったんだが、とにかくラプターのコクピットは狭い。だから、付けると言ってもＨＵＤごと交換するしかない。で、そのテスト機がたまたまうちに揃っていた。ある程度接近すれば、レーダーには映る」

「もとから運用思想に無かったとは言え、今時、ＩＲＳＴやＥＯセンサーも無い戦闘機とか驚きだ」

「その反省がＦ‐35だ」

「ハワイ沖の迎撃はどうして失敗したのですか？」

「作戦を読まれていた。ＮＧＡＤが回避するだろう空域にＦ‐35を潜ませていたが、それを読まれていた。それに天気だな。身を隠せる分厚い低気圧も張り出していた。今回は、敵の裏の裏を掻く。あのAIの性格からして、核を積んでいる爆撃機を座視はしないだろう。AGM‐181の配備が間に合ってよかった。でなければ、B‐52で出撃していた所だ」

「あっちの方がいろんな偵察ポッドを下げられる分、使い勝手はよかったかも知れない」

「中佐、まさかカミカゼ・ミッションは無しですよね？」

右席兵器システム担当士官のカーラ・スワンソン大尉が後ろを振り返って尋ねた。

「ミサイルに自爆モードがあるか聞いたんだ。発射即爆破モードがあるかと？　残念だが無いという話だった。がっかりだよ……」

スワンソン大尉が困惑した表情をした。

「冗談だ、大尉。君は、アジア系はみんなハラキリするとでも思っているだろう。私だって家族の元に帰りたいよ。アラスカの山々が恋しいね。冬は厳しいが、夏は快適だ」

コクピット正面の多機能ディスプレイが何かを発見した印に、アラームを発した。

「正面、だいぶ近いですね。敵は、ミサイルは撃たないんですか？」

「撃たないだろう。勿体無い。二機編隊、高度を下げているぞ。背後から回り込む作戦だろう。それでレーザーで焼くつもりだ。可能な限り、急旋回してくれ。AIの思考を攪乱すると同時に、これで味方部隊に、われわれが敵と遭遇したと伝わる」

「了解。左旋回します！　対レーザー・ゴーグルを着用して下さい。危険です」

全員が、特別なゴーグルを装着した。眼の前が一瞬真っ暗になる。この高度だから、それでも外光は強いが、地面付近では本当に真っ暗になりそうだった。

「アメリカは一応、レーザー兵器の対人使用を禁じた特定通常兵器使用禁止制限条約の批准国なんだがな、ＡＩは区別しちゃくれないだろうな……」

九〇度旋回すると、真正面の遥か彼方に、僚機が見えた。

「あれは何だ？　機首を上げてもがくように飛んでいた。

「あれは何だ？　どうしてあんなに機首が上がっている。失速するぞ……。何をやっているんだ？」

コクピットの辺りで、パッパッと火花が散った。パイロットが脱出したのだ。Ｂ－２爆撃機はそのまま直立したかと思うと、今度は逆に機首を落として、真っ逆さまに海面へと墜ちていく。

「ＮＧＡＤ、真下です！――」

と大尉が叫ぶ。

「下から来たのか？」

後部補助シート近くのパネルが点滅し、ピーピーとアラーム音が鳴った。

「これは何のアラームだ？　何かがエラーを起こしているようだが」

「ああ！　わかった。ＮＧＡＤは、こちらの大気センサーをレーザーで焼いているんです」

「機長、機首が上がります！　抑えきれない」

「中佐、エラー発生のヒューズを抜いて下さい。二〇〇八年、グアムで離陸失敗したＢ－２の原因がそれでした。この機体は、二〇箇所以上もの大気センサーからの情報を元に飛んでいる。ところが、前日の豪雨でそのセンサー内部が結露し、校正の失敗もあって、本来ありえない数値を出した。われわれパイロットは、コンピュータが、そのセンサー情報を元にどの舵をどう動かしているのかわからないんです」

「そんなんで良く飛ばせるな！」

カミムラ中佐は、エラーのランプが点るセンサーを切り始めた。

「無尾翼機のNGADも同じですよ。そうでないと、こんな機体は飛ばせない」

「機首、下がります！」

「良いぞ、大尉。適当な所で引き起こせ。あの機体は、そんなピンポイントでレーザーを撃てるんですか？」

「残念だが、そのようだな。味方機がポツポツと映り始めた。もうレーダーに火を入れて良いぞ。同時に電波妨害を始めてくれ」

カミムラ中佐が副操縦士に命じた。

「了解です。NGADリンク周波数に対してECM開始します！」

「少佐、操縦はできるか？」

「操縦桿がだいぶ重くなっていますが、何とかできます。昼間のこの天気ならしばらくはどうにかなるでしょう」

味方のF‐22A戦闘機の編隊が真っ直ぐ突っ込んでくる。付近に敵が逃げ込めるような雲海はない。この状況なら行けるかも知れない、と中佐は思った。

中佐は、外界の様子を見ようと身を乗り出した。

「そのゴーグル越しでは無理です。何も見えませんよ」

「戦闘機部隊の無線を聞かせてくれ！」

無線を入れた瞬間、「眼が！　眼をやられた！　脱出する——」と悲鳴が聞こえてきた。

「NGAD、情け容赦ないですね。こちらのウィーク・ポイントをわかっている」

「もう二機のNGADはどこだ？　ここから見えているか？」

「交戦しているエリアならわかります。ラプターの第二編隊が展開している場所がそうですから。

ここから二〇キロほど北です」

「ＡＧＭ‐181巡航ミサイルを撃て！　準備が出来しだい撃て！」

正副両パイロットが、首に掛けたチェーンを出し、それぞれコクピットの反対側にあるキーボックスにそのキーを差し込んだ。

「ウエポンベイ・オープン――」

「ミサイルの発射は、戦闘機パイロットは察知出来るんですか？」

「レーダーさえ入っていればわかる。爆発する前にスーパー・クルーズで逃げろと命じてある！」

「いきます。３、２、１　発射！――」

二つの鍵が同時に回されてミサイルが発射される。

「ただちに転進！　退避するぞ……。ＮＧＡＤレーダーは入っているか？」

「いえ。ＥＯセンサーのみの模様です。良いの積んでいるんでしょうね」

「ああ。基本は、Ｆ‐35のＥＯＴＳと同じだと思うが、たぶん相当に進んでいることだろう。全天球の状況が把握出来るはずだ」

Ｂ‐２爆撃機は、喘ぐように旋回を開始した。

「ミサイルが来るぞ！　核だ、退避だ！」と怒号が飛び交う。

「ミサイルの位置は把握できるか？」

「いえ。あれはステルシーなミサイルで、この角度ではレーダーにも映りません」

旋回し切った先で、味方のＦ‐22が戦っていた。だが、突然機体の背中に火が点いた。

ＮＧＡＤの機体が一瞬見える。あり得ないような高機動で旋回していた。

「中佐！　万一の時は先に脱出してください。でないと、われわれの脱出シートのロケットで丸焼けになります」

「わかった！」

補助シートの真上にも脱出用ハッチがあったが、シート自体はあくまでも補助シートであり、脱出機能はなかった。だから中佐はパラシュートを背負った状態で椅子に座っていた。

「ちょっと機体を揺さぶりますからね！」

機体が右へ左へと大きく揺れ始めた。味方のF-22戦闘機はもういない。あとはひたすら逃げるのみだ。

「時間が掛かりすぎだぞ。まだ爆発しないのか？」

「失敗です！　すでに到達時刻を過ぎています。撃墜されたと判断していいでしょう」

副操縦士が宣言した。

真上を大きな影が横切った。ＮＧＡＤは、一瞬、爆撃機の前方へと出ると派手なロールで一回転し、圧倒的な勝利を誇示して飛び去って行った。

「われわれだけ見逃すのか……」

「いえ。そうでもありません。左のエレボンが一枚不調です。たぶんレーザーで焼かれた。センサーを多数失っている状況では、この機体の姿勢を制御するのは無理です。本機はまもなく操縦不能に陥ります。中佐、まっすぐ飛んでいる内に脱出して下さい！」

「それしかないのか？」

「はい。今脱出しないと、われわれが手遅れになります」

「わかった！」

頭上の脱出ハッチを吹き飛ばすと、猛烈な風がコクピットに押し入ってくる。中佐はシートに立った上でハンドルを握り、ぐいと上半身を機外に出した。冷たいハンマーで首回りを叩かれたような衝撃を感じ、今にも失神しそうだった。

この機体に尾翼がないのは幸いだ……。衝突せ

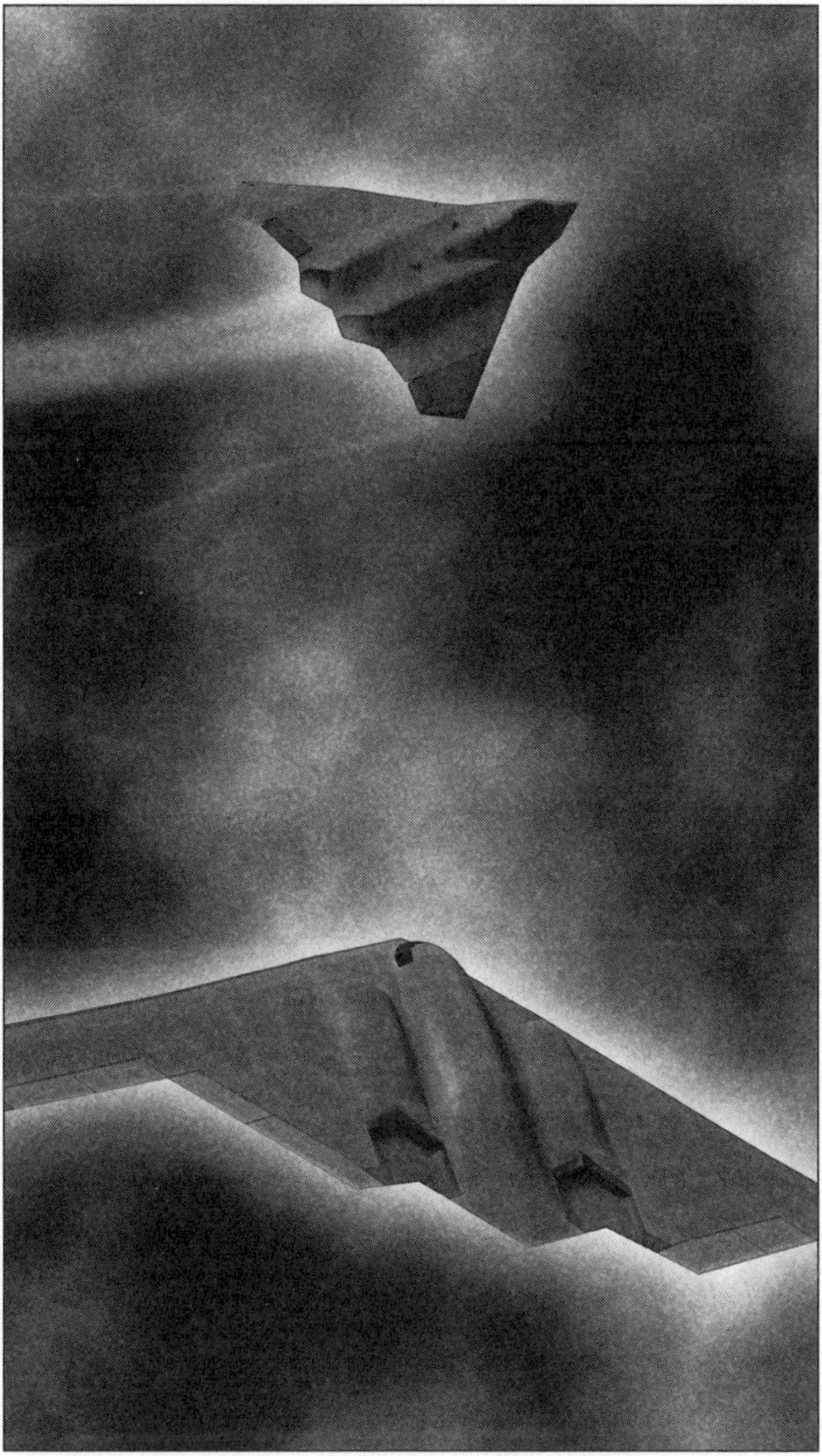

ずに済む。上半身をどうにか出した時点で、下半身ごと吸い出される。身体が空中に飛び出し、バラバラになりそうな感覚だったが、どうにか失神する前にパラシュートを開くことが出来た。その頃にはもう、視界の片隅で、B‐2が錐もみに入ろうとしていた。

そこから、一人、また一人とイジェクション・シートが飛び出して、パラシュートが花開く。

無事に空中給油機とランデブーできる機体があれば良いが。いけそうな作戦だと思ったが、壮大な失敗に終わってしまった。核ミサイルは爆発せず、恐らく、ただの一機も撃墜することは出来なかった。

遼寧省《リァオニン》人民警察東京出張署署長の周宝竜《ヂョウバオロン》一級警督（警部）は、朝一で警視庁に出頭していた。北京からの命令だった。この事態の解決に繋がるあらゆる協力を惜しむな、という命令だった。

時々近くの部屋から怒号が聞こえてくる。まるで日本の刑事ドラマそのものの取調室だった。

警察庁サイバー犯罪対策班班長の柿本君恵《かきもときみえ》警視正は、周の真正面に座り、神奈川県警の佐渡賢《さどけん》警部が、その背後に立ったまま腕組みして睨み付けていた。

だが、周は別に自首しにきたわけではない。昨夜起こった二重誘拐事件に関して説明にきただけで、したがって手錠も無かった。

「周さん、貴方、うちの外事警察は、貴方の派出署というか出張所の存在を知らないと思っているでしょう？」

「日本警察を批判するつもりはないが、事実知られていなかった」

周はアニメで覚えた流ちょうな日本語で答えた。

「では、ある語学教師の話をしましょう。その女性は、天安門事件の直前に日本に語学留学し、そのまま日本で暮らしていた。もう長いこと日本にいるのに、帰化する意志はないらしい。彼女は、都内のとある大学で、もう長いこと北京語を教えています。彼女の講義はいつも、中国共産党の礼賛や、西側、日本への批判で満ちている。やれ日本車はもうオワコンだ、中国の民主主義の方が日本より上手く回っているとか。学生たちは毎年のように大学当局に抗議するそうです。教師として公平性を欠いていると。ところが、大学側は取り合おうとしない。そういう話が外事警察の耳に入ってきて、もちろんわれわれはプロですからピンと来た。若い捜査員をその授業に紛れ込ませ、学生らの写真を撮り、もちろん大学の情報にもアクセスして、在籍している学生の顔写真を全て照合し、学生ではない若者を同定し、彼の行動確認を行いました……」

柿本は、閉じられたファイルを開き、キャビネ・サイズの写真を一枚彼に見せた。それは、派出所があるビルの一階のコンビニ前で撮られた写真だった。

「凄いな……、全然気付かなかった。彼は、うちの署員じゃありません。学生バイトとして雇っただけの留学生です」

「ええ、知っています。その語学教師は、毎度の授業で、学生の中に紛れ込んで、彼女を監視しているスパイに向かって喋っていた。自分は党に忠実な人民であると」

「私もそう判断した。本国への報告書には、日本人に身の程をわからせる授業を続けており、立派な愛国者だ！　と、彼女の発言の具体例も添えて報告しました。残念だが、党がやることに抜かりはありませんよ。中国人、帰化した元中国人に関しても、定期的に思想調査が入ることは、国外で暮らす人民にとっては衆知のことだ。しかし、彼らの生活を邪魔することはない。よほどのことが無い限り、思想傾向に問題ありなんて書かない。自分の仕事を増やすだけだから」

柿本が二枚目の写真を見せる。幼児の写真だった。

「剛《クオン》ちゃんと遭遇したのは本当に偶然なの？」

「いわゆる、出会い頭という奴です。あの時は、どうかしていた。後になって恥ずべき行為だと思ったが、女を黙らせるためには、子供も一緒に誘拐するしかないと思った」

「ガーディアンはどうしてこの幼児を欲しがったの？」

「さっぱりわからない。別にベトナム要人のお坊ちゃんには見えないが」

「この後、今日は一日、外事警察に付き合ってもらいます。本来なら貴方は幼児誘拐で逮捕されて一〇年くらい喰らっている所です。中国政府のご機嫌を損ねたくないから、何も無かったことになりますけどね」

「部下の遺体を引き取りたい。優秀な奴だった。とくにトレカに詳しくて、彼が本国で売りさばいたトレカには、一〇〇万USドルを超えたものもある」

「司法解剖が終わったら大使館に引き渡します。貴方たち転売ヤーのお陰で、多くの子供たちが泣いていることも自覚すべきね」

「日本人は資本主義をまるで理解していない。いったん販売したらその一〇倍一〇〇倍の値がつくようなものを、適正価格とかで安売りするからこんなことになる。最初からちゃんとした値札を付けて売れば良いだけのことです」

「ま、その商魂は、たいしたものです。経済で日本が抜かれるはずよね……。そんなに商売が上手ければ、裏稼業なんて畳めば良いでしょうに」

「われわれ人民は、世界中どこにいようが人民だ。党の監視の眼からは逃れられない。残念だが……」

「しばらく、貴方の事務所には監視が付くと思って下さい。北京政府が協力を約束した以上、常に連絡が取れる場所にいるように。外事警察が貴方のことをさっさと解放してくれることを祈っているわ」

柿本は、ファイルを抱えて佐渡と外に出た。外事の連中が外で聴き耳を立てていた。

「彼ら重要証人だから、手荒な真似はしないで下さいね」と一礼してその場を去った。

第一一章　砂嵐

火星は、酷い砂嵐のシーズンに突入していた。数ヶ月間、酷い年は、半年を超えて火星表面のほぼ半球を激しい砂嵐が見舞う。ごくまれに全球を覆うこともある。

だがそれでも、火星表面が砂粒で覆い尽くされることはない。地球から観測していると、火星表面が砂粒で見えなくなるのに、それが堆積して表面を覆い尽くすことは無いのだ。

昔は、火星に緑があるせいだと考えられていた。人類が火星に拠点を構えた今でも、その謎はまだ解明されたとは言い難い。

しかし、いずれにせよ、この砂嵐のシーズンは、人類の火星での活動の大きな足枷《あしかせ》となっていた。太陽光発電の効率は落ちるし、屋外での作業は、たとえ日中でも視界のない状態での作業を強いられる。

一千人の火星人が暮らすガリレオ・シティでは、屋外活動の禁止命令が出され、ガリレオ・シティを中心に発展した周辺のサテライト・シティとの往来も制限された。

ロゼッタ渓谷の研究拠点サイト‐αも、移動制限を受けたひとつだった。何しろ、ここはガリレオ・シティから遠い。天候が安定すれば、彼らがタクシーと呼ぶ大型ドローンで往来できるが、地上での移動は過酷だった。途中、何カ所も巨大な渓谷地帯を挟む。

火星にはまだ高速道路はなく、基本的に地表の移動は、オフロード車に頼っていた。ローバーと呼ぶオフロード車は、基本六人乗り。後部に狭いながらもエアロック構造の部屋を持っていて、いざとなれば数日は立て籠もれるよう酸素やバッテリーも装備している。

資材輸送は無人のローバーに頼っていたが、それが走れるのも大気が安定している時期のみだ。砂嵐が発生すると、視界も得られず、酷い電磁嵐も発生して誘導機能を麻痺させるのだ。

砂嵐が発生するのは、火星がもっとも太陽に接近する時期だ。したがって、気温も少し上がることになる。

その年の砂嵐は、ガリレオ・シティの建設が始まって以来、もっとも大規模かつ長期にわたる砂嵐となった。

発見された二体のロボット、ヨナとヨブの内、ヨブはまだ渓谷下のサイト‐γに置かれたままだった。ヨナのみが、サイト‐βからサイト‐αの研究棟に移され、分析というか、分解作業が続けられていた。

ヨナ&ヨブに関する、初期報告書を出さねばならず、サイト‐αに残留するメンバーでの検討会が開かれていた。

最盛期、サイト‐αには百名を超える科学者やエンジニア、VIP接待用のホテルマンまで常駐していた。あとここにいないのは売春婦くらいのものだと言われていたが、砂嵐の長期予報が出た段階で半数が撤収し、砂嵐の襲来直前、さらに残る半分が撤収した。今は、最低限の施設保持要員と、研究者十数名が残るのみだった。

サイト‐αを指揮するメカニック・ディレクタ

ーのアラン・ヨー博士は、手術台の上に載せたヨナの前に立ち、椅子に座る研究者たちに向かって説明を続けた。

空中に透過型スクリーンが現れ、ヨー博士が認《したた》めた要点が映し出されていた。

「右足の、膝から下をまず外してみた。オカリナと違って、こちらはレントゲンにも映るし、CTでも輪切りに出来る。継ぎ目の類いはないので、恐らくは大型のプリンターでの作成だと思われる。脚部は骨格が露出しており、筋肉構造ではない。関節部分もほぼむき出しで、このロボットは、岩石惑星での行動を前提としていないことがわかる。微細な砂埃の侵入を防ぐ構造にはなっていず、このロボットが火星表面で活動する場合は、宇宙服を着用する必要があったと思われる。胴体部分は、恐らくは一部が気密構造になっており、そこは、宇宙空間での活動を前提とした作りなのか、それとももっと大気圧の強い場所での行動を前提とした作りなのかは議論の余地がある所だろう。

ちなみに、材質は全て、われわれが知る合金の類いだ。チタン成分が多いことから、軽量化は考慮されたと思われる。ただし、ネジ構造は極端に少ない。究極的に、コスト重視で作られたロボットと言える。下半身の構造はあまりにシンプルで、これでは直立姿勢を維持するのも難しいのでは？　と思ったのだが、恐らくは上半身をジャイロのように動かすことで、バランスを保っている」

「ご免なさいアラン。話の途中だけど、最初の方、進化生物学者として無視できないポイントがあるわ。岩石惑星での行動を前提としていないという表現だけど、足の裏を見て下さい。地球上の二足歩行四足歩行動物と同じように、板状の面積を持っている。鳥の脚とは明らかに違う。ここは修正が必要ね」

「有り難う、リディ。確かにその通りだ。あとで君に全文推敲してもらうよ。

それで、半導体を見れば、その文明がだいたいどの辺りまで進化しているかわかるわけだが、その肝心の半導体製品が見当たらない。少なくとも、駆動系のどこにも、ほとんどがバッテリーと思しき充填材で満たされていた胴体部分にもない。痕跡があるのみだ。頭部に、ピンホールほどの孔を開けてファイバー・スコープを入れてみた。ここにも、恐らく何かが詰まっていただろう小さな空洞はあったが、中身は無かった。これらのことから、このロボットに使われていた半導体製品は、ある種のバイオ・チップだったものと推測される。金属では無かった。オルガノイド知能というか、バイオ・チップにニューロン構造の脳を持ち、それは冷却液の中に浮かんでいた。頭部はそのために必要だった。経年劣化で、その肝心のバイオ・チップは溶けるなり干からびるなりしたのだろう。有機体の痕跡は残っている」

「ちょっと待ってくれ。そういうのを生物とか、生命体とか言うんじゃないのか？」

考古学者のアナトール・コバールが聞いた。

「良い質問だ。アナトール。人間は究極のコンピュータだと昔から言われてきた。実際、人間の脳の処理をコンピュータでやろうとすると、膨大なエネルギーを必要とし、大がかりな冷却が必要になる。だが脳は、その全てのタスクをアナログ処理することで、エネルギーを節約している。もし半導体チップが進化を遂げれば、いずれはバイオチップに辿り着き、それは人類社会でもすでに一部は出来ているが、信号もデジタルではなくアナログへと移行するだろうと言われている。仮にこれがバイオチップで動いていたとすれば、そういうことだ。われわれより少なくとも百年以上は進んだ技術だろう。機械か生物かの境界は曖昧になるが、現状では、機械だと思う。リディの見解は？」

「そのバイオチップの中身次第ね。それが単なるプログラムなら機械。誰かの意識をインストールしたものなら、生物擬《もど》きということになる」

「いずれにしても、そのチップの中にあっただろう記憶を取り出すことは出来ない。現状では、全ての構造材が、この宇宙の既知の物質で出来ている。一部未解明なものもあるが、われわれがまだ組成に成功していない、何かの合金だ。他の宇宙の元素ではない。つまりこのロボットは、それを制御する部分を除いては、われわれが理解可能な構造だと言える。バッテリーが何で出来ているのかはまだ不明だが、解明すれば、恐らく今使われているどんな既存のバッテリーより安全で長持ち、そして高出力なバッテリーの開発に繋がるだろう」

「で、このダサいデザインは？」とラル博士が聞いた。

「ああ、それは私の専門では無いが、面白い話を二つ聞いた。一つは、そもそもこの種族と、われわれ人類の美的センスや審美眼に接点がないのだ。ただそれだけのことで、この種族にデザイン・センスがないわけではない。それが一つと、もう一つの解釈は、ある美術史家が話した解釈だ。宗教画の時代に、ピカソやウォーホルは理解されなかっただろうし、キュービズムの時代にバンクシーは受け入れられないだろう。アートの進化は、決して一本道では無かったことを考えれば、この種族の美的センスを、劣っていると見るのは間違いだろうとね」

「体内に文字や記号の類いは無かったんだね？」

とコバール博士が尋ねた。

「無かった。プリンターでの出力であれば、そういうのは必要無かったのだろう。記号と解釈できるようなものも一切見つかっていない」

「稼働時間はどのくらい？」

「関節部分の摩滅具合、足の裏の摩滅具合からして、恐らく数十年以上、稼働していたと窺える。ギアの一部は、明らかに交換された跡があった。アダムとイヴと違い、こちらは長期稼働を前提としたロボットだろう。骨格からして、一〇〇キロ前後の荷物は運べたはずだ。このロボットが、アダムとイヴら、単純作業向けの生体シンスに命令を出していたとみて良い。

この遺跡の持ち主に関して、コバール博士と、二つの仮説を立てた。私のはシンプルな発想だが、オッカムの剃刀《かみそり》的判断をするなら、どこかに誕生した知的生命体が、ロボットを使って宇宙探査に乗り出し、このヨブ&ヨナと、アダム&イヴを送り出した。それはたまたま発見した火星に辿り着き、そこで座礁したか、地球観測の使命を与えてしばらく留まり、見守ったかだろう。なぜ回収されなかったのかは不明だが。アナトール、もう一つを説明してくれ」

「文明史では、隆盛を誇った文明がある日忽然と姿を消すことがある。だいたいは未知の疫病のせいだが。私は、ここに異星人がいたのだと思う。ヨブとヨナは、その種族のシンスだった。彼らが、しばらくここに留まったのか、それとも、シンスを置き、惑星探査を命じて立ち去ったのかはわからない。宇宙船の残骸も見つからないことを考えると、恐らくどの時点かで立ち去ったのだろう。アダムとイブ、そしてこのロボットも、彼らにとって大して価値あるものではなかった。だから置き去りにした。ただ、他の知的生命体が、彼らの足跡を追えるような痕跡は全て消し去った。彼ら自身の安全のためにね。そして、それを発見するだろう地球の生命体のためにオカリナだけ残した。オカリナの謎を解明できたら、交流の許可を与えるという意味で。あるいは、その種族は、オカリナの能力をもってしても、通信が届くのにそれなりの時間が掛かる遠くの銀河の種族なのかも知れないが……」

「ロボットの中にたいした情報はなく、オカリナの研究もデッドロックに乗り上げているとしたら、ここの閉鎖も時間の問題ね」

とラル博士が嘆いた。

「ロボットからは、まだいろいろ出てくるさ。特にバッテリー技術の進化には貢献するだろう。ここでの発見は人類の幸福に貢献する。ただ、いずれはここを畳む日も来るだろうな。ヘブンズゲートは封鎖し、ここは、客も来ない博物館にでもなるんだろう。それで――」

とヨー博士は、空中のモニターを消した。

「通信がどこかでつながり、このレポートを出したら、当基地はサバイバル・モードに移行する。氷床に入れた熱交換器のことで、まず報告しなきゃならない。残念だが、修理は見込めないことがわかった。当分、氷床からの水の採取はできない。しばらくは、生活水の再循環と節水に頼るしかない。各自、一日二・五リットルの使用に制限される。これは食事のために消費される量も含めてだから、それなりにきつい。シャワーは、余った水次第ということになるが、それでも一週間に一回が限界だろう」

「この砂嵐が収まるまで、まだ四ヶ月は掛かりそうなのに？　もし再循環システムのフィルターが故障したらどうするの？」

ラル博士が質した。

「手作業で、氷床の氷を切り出して、ボータブル原子炉のボイラー熱で溶かすことになる。どこかで一度、実験してみようと思っている。それで、これは良いニュースと言って良いのかどうか、熱交換器を積んだローバーのコンボイが、ガリレオ・シティをすでに出発した。あるインド人富豪が率いている」

「はぁ？……」

とラル博士が声を上げた。

「どういうことなの？」

「君を追い掛けて火星に来たんじゃないかな。急な出発だったらしいけれど」

ヨー博士は、少し冷ややかな口調で言った。

「聞いてないわよ？　火星に向かっていたなんて。私のセックス、そんなに良かったのかしらん」

「まあ彼は、冒険家としても知られている。木星の衛星カリスト探検隊のスポンサーにもなり、火星往還ロケットの会社も経営している。その彼が、ラル博士のために、熱交換器を積んだローバーで、この砂嵐の中、決死の行動に出たということだ」

「カーター調査隊の二の舞になるわ」

火星開拓初期、クレーター調査に出発したカーター博士のチームは、小さな砂嵐に遭遇し、身動きが取れなくなり、やがて酸素も電力も落ちて、六名の探検隊全員が死亡するという痛ましい出来事があった。

「晴天時でも六日掛かるのよ。しかもこの砂嵐で走破した者はいない」

「私は止めたけどね、ミッション・コマンダーのシン博士が了解した。リスクはわかっているだろうし、成功しようが遭難しようが、それなりのニュースになるだろうからと。それで、全員にお願いなのだが、もし通信がつながり、地球の友人や家族にビデオ・メールを送る時には、さりげなく、水が無くて生活が大変だと伝えるのを忘れないでくれ。その情報がお茶の間に広がれば、大富豪の英雄的行為がさらに注目されることになる」

「私たちの研究は見世物じゃないわ」

「カンパニー評議会は、深宇宙探検へと向けた次の拠点候補の最右翼にカリストを上げている。木星の放射線の影響を受けずに、衛星自体が良い研究対象でもある。彼は、そのカリスト探検に最も理解ある評議会メンバーだ。彼の影響力を強めるためにも、この冒険は悪くない」

「カリスト探検なんて……。地球上の問題を解決するのが先じゃないの？　もし途中で何かあっても、ここからは助けに向かえないわよ？　それをわかって出発したんでしょうね？」

「彼のリスク・コントロールは悪くない。北米大陸復興にも時期尚早だと発言したのは正しい判断だった。地球時間の明日、月面アームストロング・シティ発のホットニュースとして、ここの水不足と、ローバー隊の出発が発表になる。君には取材依頼が殺到するだろうから、恋人の無事を祈っている、とでも返事してくれ」

「そういう関係じゃ無いわよ。ほんの一ヶ月、彼のジェットであちこち飛び回っただけで。それも半分は、講演旅行が目的よ」

「バリ島やアムンゼン・スコット基地では講演してないよね？」

コバール博士が事実を指摘した。

「アナトール、貴方までそんな嫌みを言うの？」

「いや、事実を指摘したまでだ。君たちの関係は、大いにゴシップ誌を賑わし、寄付金集めにも貢献したと思うよ。私は別に批判はしない。そもそも、羽を伸ばして休暇を楽しめと言ったのは私だからね」

コバール博士は笑みを浮かべて言った。

「サウナの件はどうなったの？」とラル博士が話題を変えた。

「本気で欲しいのか？　シャワーも浴びられないのに」

「生き抜くには希望が必要よ。サウナのためなら氷の切り出しも楽しい」

「大賛成だね。毎日の励みになるし、健康にも良い」

　とコバール博士が賛成した。

「場所はどこにする？」

「VIP用のコテージ・ルームが二部屋あるでしょう。南西角にくっつけた。あの部屋のバスルームは背中合わせになっている。一部屋をサウナに改装して、隣をシャワールームにすれば良い。ヒーターは、サイト・βのを回収しましょう。あそこは当分使わなさそうだし。一週間、全員で作業すればそこそこのものが出来るんじゃないの？」

「みんなもサウナが欲しいのか？」

　その場に居た全員が右手を挙げた。

「わかった。明日中に設計図を引く。それと、これは輪番での回収作業になるが、谷底に降ろした非常用食料を回収しなきゃならん。十年以上前に持ってきた奴だが、三、四十年は保存可で食べれるそうだから問題ないだろう」

「なんで、わざわざ谷底に降ろしたのよ？」

「理由があってのことだ。一つは、放射線対策。谷底なら、それだけ浴びる量も少ない。ただ、九割方の理由は、このサイト・αは、研究施設設営時の場所の問題だ。このサイト・αは、本当はここ地表に設営する予定ではなかった。ヘブンズゲートにアクセスしやすいよう、最初から谷底に設営する予定だった。氷床の上に。ところが、まず緊急エアロックのチエンバーや、いざという時の緊急食料をガリレオ・シティからドローンで運んで、谷底に降ろしてみたら、これが大変な作業だとわかった。数百トンもの建設資材をここまで運ぶだけでも大変なのに、そこから二〇〇メートル降りなきゃならない。それで、サイト‐αは地表に造ることになった。あれはあくまでも非常食という位置づけだから、そのまま放置された」

「ビスケットよね？　水分ゼロの、異様に硬くて、歯を立てたらボロボロと零れ落ちる、ただのビスケット……」

ラル博士は、眉をひそめながら言った。

「栄養満点のね。たぶん、プロテイン・バーより相当に酷い代物だろうとは覚悟しておくべきだろうな。今、三度の食事として食べている〝配合肥料〟より食感は落ちるとみて良い。だが、ローバー隊が到着すれば、冷凍ピザの一枚くらいにはありつけるだろう」

「サウナのお礼に、最初は私とアナトールが志願するわ」

「有り難う。作業用レイバーで可能かどうか検討したが、ガイド・ロープを装着して、視界が得られない中での作業になる。人間の方が確実にこなせると判断した。天気予報だと、明日、砂嵐が少し収まるらしい。明日から始めてほしいが可能か？」

「問題ないわ。たまには外に出ないと気が滅入る」

すでに二ヶ月、サイト‐αの建て屋から外に出ていない者もいた。全員が、週三回合計九〇分、ガリレオ・シティのカウンセラーとの面談を義務づけられていたが、ここの大型通信装置とパワーでも、通信状況が酷く、音声すらまともに繋がらないことがあった。

火星の大気層が分厚いことが理由だった。塵が舞い上がると、それだけ障害になる。

翌日、サイト‐αの外に出ても、別段砂嵐が弱まったようには思えなかった。視程は、ローバーの強力なヘッドライトを点しても二〇メートルあるかないかだ。

荷物運搬用のドローンを起動してみたが、光学カメラによる誘導も、測位システムによる誘導も出来ずに断念するしかなかった。

氷床へ二〇〇メートル降りるエレベータで下まで降りて、そこからは歩くしか無かった。もともと古い資材置き場として使われていたらしく、通信ケーブルも絡ませたガイドロープが五〇〇メートル張ってある。

カラビナを用意し、そのガイドロープに沿って歩いた。五メートル前後の距離を取るラル博士とコバール博士もカラビナで結ばれている。そしてコバール博士は、荷物を持ち帰るための橇《そり》も引いていた。それなりの重労働で、臨機応変な作業も求められる。確かにレイバーやシンスでは難しそうだった。

地面はほぼフラットだが、時々宇宙服のブーツが砂にめり込む。だが、砂漠を歩いているような感じは無かった。単に、硬い地表にうっすらと砂が積もっているという程度だ。

砂は、堆積して固まる前に、次の砂嵐でどこかへ吹き飛ばされていく。そんな感じだった。

まず一往復して休憩、作業手順を確認して、更に二往復の予定だった。

現場に着くと、高さ二メートル近いコンテナの山が出来ていた。一つ一つのケースは、三〇リットル前後の立方体だった。

「これ、持てるの？」とラル博士はコバール博士に聞いた。

「一個は丁度一〇キロの重さだ。持てないことはない。橇に四個ほど積んで、ロープで固定して持ち帰る。この橇一回分の量で四〇キロ。今、施設に残っている人間が、一週間から十日、サバイバル出来る量だろう。もう三、四ヶ月これで凌ぐとしたら、一二、三回の輸送が必要になる」

「硬いビスケットで四ヶ月も？」

「大航海時代の探検家たちの生活はもっと酷かった。水は雨水頼み。脚気に悩まされ、腐った缶詰で生き長らえたのだから」

「今は二二世紀よ。大航海時代じゃないわ。ドローンを近くに降ろすためのシグナル・マーカーを設置すれば良いんじゃ無いの？」

「でもそのマーカーは今ここにはない。ガリレオ・シティに在庫があるかどうか」

コバール博士が、ケースを持とうと近付き、少し屈み込んだ。

「済まない。私の足下を照らしてくれないか？」

コバールは、ラル博士が照らす中で、一番下のケースの周囲を手で掘った。吹きだまりが出来てケースのほとんど上まで隠れていた。

「このケース、沈み込んでいるぞ……」

「砂が降り積もったのではないの？　それに、サイト・γでも、多少の沈下は考慮済みの設計のはずよ」

「この辺りも、地中探査はやったんだよね？」

「条件が悪いから諦めたんじゃないの？　一〇メートルの厚さを超える砂の層の下に凍った水というか、泥がある。その両側は、岩盤の壁。音響探査には条件が悪すぎて、何にも見えないと聞いたわよ」

「もう一回チャレンジしてみるべきかも知れない」

「何を？」

「われわれは宇宙船の残骸を求めてずっと地表を

探していた。その居住スペースは谷底にあるのに。最初から、谷底に降りたと思わないかい？　宇宙船は無理でも、発着を誘導した何かが氷層まで時間を掛けて沈み込んだ可能性はある」

「それ、ガソリンスタンドの給油ホースが出てくるだけかも知れないわよ？」

「それでも、遺物には違いない。発掘する価値はあるさ。ちょっと考えてみよう」

それから、ケースを四個、橇に積んで、コバール博士が少し引っ張ってみた。せめてプリンターでタイヤくらい作ってみるべきだったと後悔したが、四〇キロ程度なら引けないこともない。ただし、ガイドロープにいちいちカラビナを通していては時間が掛かるので、ガイドロープに身体を繋ぐのはラル博士一人にして、コバール博士は、ラル博士から引いたビレイのロープだけで歩くことにした。


ヘルメットに装着された強力なランプで、帰る道筋はわかる。ラル博士は、なるべく頭を左右に振らないようにして復路に着いた。その左側一〇メートルほど斜め後方をコバール博士が橇を引いて歩く。

サイト・γに連結されたエレベータまで辿り着くと、荷物を橇ごとエレベータに入れ、上へと上げた。そして二人は、サイト・γのエアロックに入り、一時間の休憩へと入った。

ヘルメットを脱ぐと、二人とも汗びっしょりだ。頭のインナーを脱ぎ、ファンの前に置かれた物干しに掛けて乾かした。椅子に座り、ボトルからエナジー・ドリンクを飲んだ。

「最初としてはまずまずだな……」

だがラル博士はそれには応えず、酷く青ざめた顔をしていた。

「どうかしたのかい？」

「貴方……、何か見なかった?」

「何か? いや、運ぶのに必死で、ただ君が照らすライトの筋だけを目当てに歩いていた。そう言えば、一瞬、ライトの光芒が乱れた瞬間があったね」

ラル博士は、小さく頷いた。そして、ラル博士が訴えようとしていることに気付いて目を丸くした。

「おいおい!――。こんな所で幽霊を見たとか言わないでくれよ! まあ、発掘に幽霊は付きものだけどね」

「何かがいたような気がする。二足歩行で、腕みたいなのがあった。ほんの一瞬だけど、いえ、二秒くらい向き合ったかしら……」

「ヨナ、ヨブ? それともアダム?」

「首は無かった。たぶんアダムだと思う。あれが幻影でなければ。最初は、ブロッケン現象かと思ったけれど。ほら、宇宙服を着ると、頭部の輪郭が薄れて、首が無いみたいに見えるでしょう」

「仮の話、彼らの主が去った後、何千年も、ここでアダムが子孫を残せると思うかい?」

「DNA構造を持たない。でも適応は出来たのかも知れない。たとえば、太陽光からエネルギーを得るとか、土中の栄養素を取り込むとかして。そもそもが、機能は知れているけれど、エネルギー消費も少なく設計されている。野生化した後、適応した可能性はある。けれど、子孫を残せるまでいくかどうか……」

「この谷の全長は三〇キロを超える。溶岩チューブはここだけではないし、道具を使って小さな洞穴を造る程度のことは出来たかも知れない。地面は砂地で、足跡はすぐ掻き消される。人類が現れたことで、どこかに避難したのかも知れないし。ライブカム、確認した?」

「ええ。貴方がエレベータに荷物を載せている間、再生してみました。レンズ部分に埃が付着していて、それとわかるようなものは何も……。たぶん、気のせいだったのよ……」

「いやいや、それ重大事だぞ。今日の作業は終わりだ！　アランに報告して、状況を検討しよう」

コバール博士は、その場から有線電話で、サイト・αで作業を指揮していたアラン・ヨー博士を呼び出し、「問題が発生したので、作業をいったん中止する。上に戻ったら話す」と報告した。

一時間後、二人のサポートに当たっていたエンジニア二人を連れて、サイト・γを出た。サイト・γは、しばらく戻らずに済むよう、最低限のライフ・サポート・システムを除いていったんシャットダウン状態にした。

二人は、宇宙服を脱いで着替えると、昼飯用の配合飼料のバーを受け取り、シンス操縦用のコクピット・ルームに向かった。内密の話をするには、そこが適当だった。隣室の監視ルームを経なければそこまで辿り着けず、隣室は、このコクピットに対してガラス張り構造になっているからだ。

普段は外の景色を映している窓代わりのモニターが壁にあった。電力節約のために長らく消してある。点けた所で、延々と砂嵐の茶色い景色を映し出すだけだ。

コバール博士は、そこにラル博士のヘルメットにあるカム映像を映し出した。

集積所まで二〇分、何も起こらない。二人の会話のやりとりも録音されている。集積所で食料を回収し、引き揚げに入った所で、ヨー博士がコクピットに現れた。

「非常食を開けてみたよ。食べた感じでは、そんなに異常はない。食感はちょっと何とも言えないが。たぶん、二世紀前の軍隊の携行食並だろう。

何を見ているんだ?」

「今、それを探している……」

カメラが一瞬、ブレて、ラル博士が頭を大きく前後左右に動かすというか、回すのがわかった。だが、スローモーションにしても、そこに映っているものは無かった。

「ゼレンスキー、私のライブカムの映像を、ラル博士の映像のタイムスタンプからマイナス三〇秒前から再生せよ」

コバール博士は、自分のパーソナル・コンピュータに向かって命じた。前世紀の、祖国の英雄から貰った名前だった。本来ならファースト・ネームから命名するが、それだと誰かもわからないので、セカンド・ネームを名付けた。

「映っていたら、気付いているわよ」

「いや、私はあの時、橇を引くことに集中していた。それに見ていたのは、リディのライトだけだ。

ゼレンスキー! そこだ。ストップして巻き戻し、コマ送り再生せよ!」

何かが、そこにいた。確かに映っている。影には違いないが、ラル博士のヘッドライトに照らし出された影が、砂嵐の中にぼんやりと浮かんでいた。

「何だ! これは——」

とヨー博士がモニターににじり寄った。

「君ら以外に、誰かいたのか? サポート要員ではないのか?」

「違う。ゼレンスキー。この影から、全体のフォルムを推定すると同時に、身長を計算せよ」

「身長は、およそ一四〇センチです」

縁取りされたそのフォルムには、首が無かった。首があるべき場所が、僅かに盛り上がっているだけだ。

「これは、アダムなのか?……リディ?」

「え？　私に聞いてるの？　ご免なさい。いま、頭が真っ白で……」

ラル博士は、事実、視点が定まらない顔で言った。

「ゼレンスキー、今日、谷底に降りてからの私とラル博士の全映像データを検証し、該当するフォルムに類似した身長の物体が映っているコマをピックアップせよ！――」

十数秒後、ゼレンスキーは、数コマのカットをモニターに映し出した。

ラル博士のカメラの映像で、集積所の荷物越しに、砂嵐の向こうで何かが横切っていた。一瞬、上半身がこちらに向いて、二つの眼が反射していた。ライトの灯りを反射していた。

「これは！……。ほら二世紀前、北米で撮影されたフィルムに似ているな」

とヨー博士が興奮したように言った。

「ひょっとしてビッグフットのことを言っているの？　パターソン・ギムリン・フィルムとか……」

「ああ！　あれにそっくりじゃないか」

「勘弁してよ……」

「アダムとイヴが、このロゼッタ渓谷で繁殖していたということじゃないのか？」

「あれは繁殖能力を持っていない。一方、何らかの細胞構造は持っていただろうから、一体の個体が何千年も生き続けることはありえない。だいたい、私たち、このロゼッタ渓谷で発掘作業を始めてからもう一〇年以上も経つのよ？　どうして今まで接触が無かったのよ」

「われわれの活動範囲は限られる。普段はせいぜい、ヘブンズゲートの南北三〇〇メートル範囲内くらいしか移動しない。今日出かけた物資集積所なんて、ガイドロープの点検に年二回、誰かが歩く程度だろう」

「足跡すら誰も見ていない。変よ」

「われわれが彼らのテリトリーに近付かなかっただけだろう。たぶん彼らも隠れていた。これは、少なくとも二体はいると理解していいのか……。非常梯子は大丈夫かな？　エレベータ・シャフトに沿って、二〇〇メートルの梯子があるが……」

とヨー博士が心配した。

「あの二〇〇メートル、登山家でもなければ、人間ですら上りきるのは無理よ」

「われわれは宇宙服を背負っているが、生体シンスは裸だ。呼吸しないのは本当？」

「ええ。あったとしても皮膚呼吸程度でしょう。谷底からは出ていないと思うわ。この地表で活動していれば、どこかでドローンの映像に映っている」

「社会性というか、家を建てたり、畑を耕したりはしないんだな？」

「しません。それも外から発見されるきっかけになる。彼らが、どうやってこの過酷な環境に適応したのか、そして何をやって暮らしているのかもさっぱりわからないわ」

「リディの専門分野だよね？」

「そうだけど……。こんな人工生命体の存在は想定していない」

「インド人富豪が来たら、きっとビッグフット狩りをやらせろと主張するぞ」

「だからビッグフットじゃありませんて……。黙っていれば良いわ。彼らが帰るまで、気付かなかったことにすれば良い」

「そんなわけにはいかないだろう。大口のスポンサーだぞ。彼らには、その発見を誰より先に知る権利がある」

「ここはサンクチュアリにするしかないだろう

な」

　とコバール博士が言った。

「ヘブンズゲートは封鎖し、サイト・γは、跡形もなく撤去。たまに、ドローンで上空から偵察する程度に留めて、ここは自然保護区にする他はない。それが文明が果たすべき義務だ」

「とにかく、第一に、この大発見をガリレオ・シティに伝えよう。電波の窓が開くと良いが、最優先でシン博士に伝える。食料は、回収した分だけでも二週間は暮らせる。今後のわれわれの行動には、宇宙海兵隊が必要だと思うかい？」

「冗談はよして。あれは耳も口も無いから、爆竹で脅すことはできないわね。光量の大きなライトで脅して、それでも近付いて来るようなら、スタンガンは効くかもしれない。いずれにせよ、距離を取って、こちらから不用意に近寄らないことが最優先よ。彼らにもし知能があるとしたら、われわれに警告しに現れたのかも知れない。ここは自分たちのテリトリーだから近付くなと」

「いずれにせよ、これは地上でも火星でも大激論になるだろうな。気温はどのくらい？」

「下は、一六〇ケルビンくらいじゃないかしら。南極やシベリアでの最低観測記録をだいぶ上回るわよね。とはいえ、宇宙服の生命維持装置が故障したら、中の人間は一〇分と持たないわ」

「なのに凍らず、ブーツも履かずに歩き回っている？」

「地球の寒冷地帯の動物が、分厚い毛皮を羽織っていることを考えれば、この惑星向きのシンスではないわね。細胞が不凍液で満たされていたとしても、効率が悪すぎる。ただし、生物が進化可能な惑星はだいたいどこでも、暑すぎるか寒すぎるかの両極端だから、その両極端に適応できる生体を知的生命体が開発したとしても不思議はないわ」

「人類にもそんな生体シンスの開発は可能なのか?」

「いえ。あと二百年は無理ね。アダムの研究で百年くらいはブーストされるでしょうけれど」

サイト・αに残るほぼ全員がダイニング・ルームに集められ、問題の動画が公開された。今後のことは、マーズ・コントロールとの協議次第になるが、宇宙服を着ての施設外活動には、今後、見張りを立てることをルールとすると決まった。

サイト・γを経由しての発掘作業は、しばらく中止になった。だいたいの遺物はすでに地表にあったので問題は無かった。エレベータの使用も禁止になり、非常用梯子の上部には、柵が設けられることになった。

それはそれとして、サイト・αのほぼ全員が、サウナの改築作業に没頭することとなった。現状、施設維持程度しか、彼らにすべきことはなかった。

二日後、ようやく電波の窓が開いた。ほんの三〇分のことだったが、サイト・αの面々は、溜まったビデオ・メールを家族宛に発信し、ヨー博士は、例の動画とともに、起こった出来事を報告した。シン博士宛の個人的私信として報告したので、返事は無かった。

翌日、まだ全員が寝ている時間帯にヨー博士は緊急無線で起こされた。秘話回線を使い、まず新発見に関しては、慎重に対応するよう命じられた。しばらく伏せて置いた方が良かろうということになった。

だが、寝ている最中に起こされた用件はそれではなかった。こちらへ向かっていたローバー隊で事故が発生し、ローバー一台が破損。もう一台もバッテリーに問題が発生し、今はローバー隊の六名が、一台のローバーに乗り移って凌いでいる。生命維持のためのバッテリーはあるが、酸素が残り少なく、三日が限界らしいとのことだった。

最悪なのは、遭難位置がわからないことだった。辛うじて衛星無線機が一瞬繋がっただけで、場所は全くわからなかった。

ガリレオ・シティからも救援隊を出すが、経過時間から察すると、そちらの方が近い。そっちからも捜索隊を出して欲しいということだった。

ヨー博士は、すぐ施設の全員を起こしてダイニング・ルームに集めた。

「まず、酸素生成器を搭載したローバー二台の出動用意をすでに開始した。捜索隊隊長として自分も出ることになる。メカニカルなトラブルが発生した時に対処できる。問題は、遭難場所だな。キャニオン・レイクを過ぎた所までは定時連絡が出来ている。ここでの定時連絡を最後に、二日後、無線が回復したときには、もう遭難していた。彼らは現在位置が全くわからないと言っている」

「ナビゲーション・システムはどうしたの？　測位システムが使えなくとも、それなりの精度でコースを記録できるでしょう」

とラル博士が言った。

「たぶん、出発時にセッティングを怠ったのだと思う。あれは、稼働開始時にかなり精確な位置決めをやらないとまともに動かない。普段は、誰も気にしないんだ。測位システムが機能しているから、小さなエラー表示が出るだけ」

「そんなのあり得ないでしょう。出発した時にはもう砂嵐で、ガリレオ・シティですら天測は出来なかったのよ？」

「カンパニー評議会で問題になるだろうな。これは私の勝手な推測だが、大富豪が出発を急がせたせいではと思う。とりあえずシステムは動いていて、それを正常表示だと誤解したまま走り出したとか」

「原因はともかく、どこで迷っているかだよね……」

とコバール博士が話を戻した。

「私は、コロンブス湿地帯だと思う。根拠は、あそこは大昔の湿地帯の跡で、地面はそこそこフラットだ。東西南北が全くわからず、こういう天候下では、環状彷徨に陥る。何度も同じ場所をぐるぐると回り出す。所々、ごつごつした岩も転がっているから、ローバーはそれらに乗り上げて横転でもしたのだろう」

「二〇〇キロ四方もある湿地帯跡を、この天気で探す?……」とラル博士が嘆息した。

「やるしかない。トランスポンダが生きていれば、近付けば、電波が聞こえる。十キロ前後まで接近できれば。あとは三角点測量で辿り着けるだろう。問題の一つは、われわれもそこまで安全に辿り着けるかだ」

「慣性航法装置の安定に一時間ほど掛ける必要があるな。その間に準備しよう。志願者を三名募りたい」

ラル博士とコバール博士が手を上げた。

「リディ、君が行く必要は無いぞ?」

「恋人同士の感動の再会の絵が欲しいんでしょう？　行きますよ、もちろん」

ラル博士はぶっきら棒に言った。

「リディだけ行かせるわけにもいかないから、相棒として私も行くよ。途中までは、道路というか、道路跡をたどれば済むことだ。日中、太陽が見えれば、最低限の天測も出来るし」

「済まない両博士。あと、酸素生成器の整備のために、エンジニアのトーマス・ワンを指名したい。君はここで一番若いし、冒険は嫌いじゃないだろう?」

屈託の無い笑みを漏らすワン青年は、家族で火星に移住した一期生だった。ハイスクールも大学もガリレオ・シティ。ここで工学博士号取得の勉強兼バイト中だった。

「良いですよ。でも無事に帰ったら、秘蔵のブランデーを一杯奢って下さいね」

「約束する。みんな一時間で準備してくれ。チェック・リストも用意させる」

二台の八輪ローバーに、急遽新しいプログラムを組み込んだ。先頭車両は、後続車のヘッドライトが見えなくなったら停止。後続車は、先頭車のテールランプが見えなくなったら停止して無線連絡。というルールを自動運転機能に覚えさせた。

ハンドルもあることはあるが、基本的に人間の操縦は想定していない。普段、ハンドルはダッシュボードに仕舞われていた。シートベルトはあるが、エアバッグはない。トイレは、後部のエアロックに携帯トイレがあるのみだ。一応、宇宙服を着たままキャビンに入れる仕様だったので、個々のシート自体は広い。天井も高く、エアロック部分は、宇宙服を着た身長一九〇センチの人間が、腰を曲げずに立てるだけの高さを確保していた。

前席シートのみは、ほぼフルフラットになる。車高はそれなりにあるので、乗り心地は良くなかった。脱出用のハッチが頭上にあるが、宇宙服を着用せずこれを吹き飛ばしたら、人間はあっという間に二酸化炭素中毒に陥って死ぬことになる。

コンピュータが作ったチェックリストに従い、遭難者分も含めて一〇日分の水と食料が車内の隙間やルーフに積み込まれた。エアロックには、予備の宇宙服と生命維持装置も。

全員がトイレを済ませ、夜明け前に二台のローバーは出発した。

ヨー博士とワン青年が乗り込む先頭車は〝クリスタ・マコーリフ号〟、ラルとコバールが乗り込む二号車は、〝エリソン・オニヅカ号〟。宇宙開発黎明期の犠牲者の名前から取られていた。

出発して一時間、慣性航法装置作動確認用のチェックポイントを通過した。ずれは無い。コンピュータは、誤差を三センチと報告した。この辺りは、道路とは言わないまでも、ローバーが速度を出して走れるよう、路上は綺麗に整備されていた。石ころの類いは無い。

天気が良い日に上空から見下ろせば、あたかもそこに舗装道路があるように見える。だが整地されているわけではない。舗装はなく、単に、路面の石ころが掃除されているというだけだ。それが、基地からガリレオ・シティにしばらく伸びていた。両方からそうやって整地された道路を延ばし、最終的には、それで一本の径《みち》になれば良いと作業が進行していたが、距離にしても、まだほんの一〇パーセントが掃除されたのみだった。クレーターや渓谷地帯が多い火星では、道路は真っ直ぐは引けなかった。

陽が昇っても、太陽は全く見えない。その位置を肉眼で推測することは不可能だった。辛うじて、天体望遠鏡モードを備える単眼鏡でしばらく覗いていると、太陽の位置をだいたい推定してくれるのみだった。

二日目の夜、車両を完全に止めて、四時間の睡眠を取ることになった。

互いの無線を繋いで、状況を検討した。残念ながら、サイト‐αを出発して以来、どことも連絡は取れなかった。天気予報の情報すら入手できない。

ローバーを止めても、生命維持装置のエアコンが動いているせいで、車内が静寂に包まれること

はない。外はとんでもない冷たさで、放置すればたちまち窓は結露して凍り付く。だが、窓自体に熱が通っているせいで、その心配は無かった。

渓谷から回収してきたビスケットを囓り、ドリンクで流し込んだ。

「もし、酸素が足りなくなったらどうなるでしょうね。映画だと、誰かが他の人間を殺して自分だけ生き延びるけど」

先頭車両からワン青年が呼びかけて来た。

「大富豪と言っても、このプログラムに参加するような金持ちは、それなりに常識人だ。まさか家族の面倒は見てやるから、俺のために死んでくれなんてことはないさ」

ヨー博士がやんわりと否定した。

「そんなことはないわよ。昔、父や母が育ったインドの村を訪れたことがある。左の脇腹に手術痕がある子供たちが何人もいたわ。彼らはそれを隠そうともせず、誇らしげに見せていた。臓器培養ができる時代に、貧しい階層から、臓器を買って凌ごうという金持ちは今も一定数いる。彼らが本当にモラルまで備えているかは、そのモラルを問われる瞬間までわからないものよ」

ラル博士は、確信ありげに言った。

「とは言え、彼は常識人だろう？」

「カリスト探検隊を巡って喧嘩になったわ。そんな金銭的余裕があったら、世界の貧困と闘うなり、暗黒大陸と化したアメリカの問題と向き合うべきだと私は主張した」

「そりゃ酷いな。君はこうして火星にいるのに」

とコバール博士が突っ込んだ。

「彼からもそう言われたわ。自分は神様でも政府や国連でも無い。全ての問題を一人の大金持ちが解決は出来ない。でも、カリスト探検には夢がある。いつかは人類がそこに到達する。それが明日ではいけないという理屈はないだろうと」

「全面的に賛成する。誰か意欲のある人間ががむしゃらに突き進むことで宇宙探査は切り拓かれてきた。アポロ計画なんて、アメリカは人種差別とベトナム戦争のまっただ中だったじゃないか。イーロン・マスクの馬鹿げた夢が無ければ、われわれは今もまだ月面でうろちょろしているだろう。さあみんな。シートをフルフラット・モードにし、カーテンを張ってプライバシーを確保して寝てくれ。四時には出発する。お休み、諸君」

「お休みなさい、アラン、トーマス」

　コバール博士が、頭上のルーフに走るレールに、薄いカーテンを張った。

「明日は四時前で良いかしら？」

「そうだね。一日中走っていて腰が痛い。ぐっすり眠るとしよう。このシート、あんま機能とか組み込むべきだね」

「同感。アキラ、ＳＯＬ時間午前三時五五分に私たちを起こして頂戴。ライトダウン」

「了解です、マム。お休みなさい、コバール博士も」

　ラル博士は、自分のパーソナル・コンピュータに目覚ましを命じると、耳栓をし、ヘッドレストを調整し、薄い毛布を首まで上げた。

　エアコンも煩《うるさ》いが、砂嵐がフロントガラスを叩きつける音もうるさかった。ヤスリのように車体を傷つけていく。きっと無事にサイト‐αに帰り着く頃は、このガラスは真っ白に濁っているだろうと思った。

第一二章　大和碓

翌朝、三時五五分にアキラが起こすまで、ラル博士もコバール博士も熟睡したまま一度も目覚めなかった。

出発前、宇宙服を着たワンが一度車外に出て、積もった埃をブラシで払った。その間、ヨー博士は、ガリレオ・シティやサイト - αとの通信を試みたが、全く繋がらなかった。

砂嵐は、どうやらここ数日で一番酷い感じだった。車間距離が二〇メートル開くと、前を行く車のテールランプが全く見えなくなる。

ローバーは、L・iDARで前方障害物を発見して進んでいたが、その送受信感度も酷く落ちた。

事前に撮影済みの地表写真と照合しつつゆっくりと前進した。時々、ランドマークとなる大きな岩まで近づき、ナビゲーション・システムが狂っていないことを確認する。

余計に時間を食う作業だったが、そうするしか無かった。

コロンブス湿地帯に入ると、道と呼べるものは一切無くなった。何か、干ばつで干上がった湖の湖底を走っているような感じだ。あちこち一メートルを超える段差があり、どこから運ばれてきたのか、巨大な岩石が転がっている。

二台の車は、互いのナビゲーション・システムが正常に機能していることを確認してから、距離を取って走ることになった。いざ遭難車両との交信に成功した時、三角点測量の精度を確保するためだった。

　時速一〇キロほどで走りながら、二〇〇キロ四方の面積を決まった捜索パターンで走ることになる。

　無線に加えて、集音マイクも起動した。

　二台のローバーは、別れる直前に、最後の確認を行った。日没まで捜索し、その時点で発見出来なければ、いったん合流する。その後もしばらくは捜索するが、何にせよ夜間の捜索は二重遭難の危険があるので、今日は早めに切り上げることにしようと話し合った。

　そして二台とも、無線でボリウッド音楽を流しながら捜索に入った。

「正直、耳栓したいわよね……」

　とラル博士はぼやいた。

「私は考古学者だからね、あらゆる民族音楽に敬意を払うよ。ボリウッド音楽を民族音楽と呼んで良いかは議論の余地が在るだろうが……」

「これ、一二時間を超えて聴き続ける自信があって？　拷問よ？」

「やることは山ほどある。外の監視もしなきゃならない。レッドフレアとか上がるかも知れないからね。正直、音楽を聴いている暇はないぞ」

　彼らのライフサポートは、夕方には切れるはずだ。その前に、誰を生かして誰が死ぬかの選択を強いられる可能性があった。

　日没まで一二時間走り続け、湿地帯の凡そ半分を捜索したが、収穫は無かった。二台は、予定通りの場所でランデブーした。慣性航法装置はまだちゃんと機能している。この湿地帯にも、いくらかランドマークになりそうな地形があり、照合と誤差修正は可能だった。

てっきりガリレオ・シティでその程度の準備をした上でローバー隊を出発させたのだろうと思っていたのに、その不用心さは驚きだった。

食事を取る間、またワンが外に出て、センサーやガラスの砂埃を掃除した。深夜まで捜索してダメなら、作戦を練り直す必要がある。その時点では、全員が生き残っている可能性はゼロだった。大富豪一人を生かすために、他の全員が死んでいる可能性すらあった。

ＡＩが、もっとも効率的な捜索パターンを組んでいる。どんな数学の天才を連れて来ても、今以上の効率で捜索することは不可能だ。全員が死んでいる可能性も考慮する必要が出てきた。

出発前に、ヨー博士が呼びかけて来た。

「リディ、あと五時間、捜索する。それで手応えがなければ、そのまま夜明けまで捜索を続行するか、いったん止まってまた睡眠を取るか考えなければならない。その決断を君に委ねたいがどうだろう？」

「捜索隊の指揮官は貴方よ、アラン。自分で決めなさい。私から意見することはありませんから」

「わかった。そうさせてもらう」

一〇メートル前方で、先頭車がパッシングした。その合図で、ラル博士も出発する。

「リディ、サイト‐αでの仕事が終わったらどうする？　私の仕事は、発掘現場から引き揚げた後もしばらくは忙しいのが常だが……」

「そうね。アダムとイヴの完全解明にはもう少し時間が掛かるでしょう。それをここ火星でやるのか、せめて月面基地まで持ち帰るのかを決めないと」

「地球に還りたいとは思わない？」

「懐かしむのと、帰りたいという感情は別よね。

家族は元気に暮らしている。私の仕事を理解してくれているし。子育てでもしてみようかしら……」

「それは良いな。ぜひそうすると良い。私は、いろいろあって離婚したが、子供たちとの絆は残っているつもりだ」

「貴方だから率直に言うけれどそれって、親のエゴよね。子供たちがどう考えるかなんて……。私は、子供を捨てて出て行った父を憎んだわ」

ラル博士は、タブレット端末で、コロンブス湿地帯の衛星写真を拡大して眺めていた。

「ねえ、ふと思ったけれど、向こうはたぶん、探してもらうための努力をしているはずよね？」

「たとえばどんな？」

「迷っているなりにも、ランドマークのそばで待機しようと考えるんじゃない？　大きな岩とか、円形の窪みとか、とにかく、この写真で、われわれが注意を奪われそうな場所よ！」

「なるほど。そういうものが視界に入ったら、その場所で立ち止まったかも知れないな。ちょっとアランに相談してみよう」

だが、先頭車との無線はすでに通じなかった。

捜索ルートを外れて単独で行動すべきか否か。

「どうする？」

「私たちの判断は合理的だと思う？」

「思うね。自分が捜索される側だったら、なるべく目立つ場所で待機したいと思う。ここが山岳地帯なら、高い場所に上るだろうが、基本的に沼地だ。だとすると、特徴的な奇岩とか、そういう所だろう」

「今夜半までに捜索を終えられない範囲内で、かつランドマークになりそうな場所へ直行するということでいいかしら？」

「深夜までに辿り着けるならね」

「アキラ、私が見ている画面の中で、夜半以降の捜索予定範囲に関して、衛星写真から、特徴的と思しきポイントを一〇箇所ピックアップしなさい。奇岩、盛り上がった丘、そこだけ地面の色が違う場所等を――」

「――はい、マム。一筆書きで走れるルートを作りますか？」

「お願い。出来れば、ランデブー時刻までに合流ポイントに戻りたいけれど、それは諦めて良いわ」

「全走破距離一五〇キロか……。今の速度では、明日の夜明けまで掛かるぞ……」

「ちょっと速度を上げましょう。衛星写真があるから、崖のあるなしは事前に察知できるわ」

コバール博士は、時速一五キロまで上げるようローバーに命じた。ＬｉＤＡＲの性能を限界まで使っていたが、コバール博士は、途中で〝ゼレンスキー〟にプログラムを書かせた。衛星写真を照合し、五〇メートル前方までの安全が確保できるようにした。

火星でも強風で岩が動くことはあったが、ここはもとから湿地帯だ。岩のほとんどは泥の中に沈んでいる。そう大きく動く石ころはなかった。

遠くで雷が光った。砂嵐がもたらす雷は、地球上で積乱雲がもたらす雷と全く同じだ。ローバーは落雷対策もしてあったが、それでも過去に、何層もカーボンを折り込んで作られたルーフを破壊され、フロントガラスに皹《ひび》が入った事故が起こっていた。雷の被害は、昔も今も予測困難だった。

車体の四隅にあるＥＯセンサーは、光学から紫外線赤外線まで広く捉えられる。発光現象、そして電波と音、漏らさず記録し、報告するようローバーに命じた。

ランドマークが近付くと、速度を落としてその周囲を必ず二周した。ヘッドライトの光が届く範囲内にいれば、誰かが気付いて何かの合図を送るだろう。

深夜二三時に、ヨー博士の車両とランデブー予定だったが、ラル博士は捜索を続けていた。すでに六つのランドマークを捜索したが、当たりは無かった。

七箇所目。直径一〇メートル、高さ四メートルの円錐形の岩がある場所まで来た。恐らくは侵食作用で岩盤が削られて出来た地形だった。

誰かがいる気配は無く、そこを立ち去ろうとした瞬間、背後で何かが光った。ローバーの搭乗者は気付かなかったが、集音マイクに可視光と赤外線カメラが、背後で小さな爆発が起こったと報告してきた。

「アキラ、落雷による発火現象ではないのね？」

「違います、マム。波長からして、恐らく搭載バッテリーの意図的な爆発です」

「ローバー一八〇度、ゆっくりと回頭し、爆発箇所へと戻れ！」

とコバール博士が命じた。

「宇宙服を着るわ！」

ラル博士が、ハッチを開けてエアロック区画へと移動する。

コバール博士もそれを追い掛け、ラル博士が宇宙服を着るのを手伝ってやった。

「貴方はここにいて。私は、ローバーが見えたらキャビンを確認し、エアホースと電源を繋ぎます！」

「わかった。気を付けてくれ。慌てず、着実に」

ヘルメットを被り、ロックして気密確認し、生命維持装置を起動する。コバールは親指を立てるとキャビンへと戻ってハッチを締めた。

「リディ、こちらの音声は聞こえているか？」

「了解。クリアよ」

「見えてきた！　燃えている。ローバーが一台派手に燃えている。近くに……、ああいたぞ！　二台いるが……、そうかわかった。結露して窓が凍っている方だ！　ローバー、後部エアロックのハッチを五メートルの距離で停止させよ」

宇宙服を着た誰かが、ローバーの近くでレッドフレアを点火して振っていた。

ラル博士は、ハッチを開けて地面に降りると、慎重に一歩を踏み出した。

相手が近寄って来ると、額をくっつけてきた。

「リディ！　君が来ると思っていたよ。陽気な音楽が聞こえてきて、返事がしたかったのだが、落雷でアンテナを吹っ飛ばされてね。応答は出来なかった。トランスポンダのアンテナもそれで殺られたみたいだ。そこで、たぶん君らのローバーのヘッドライトのようなものを目撃して、故障したローバーのバッテリーを爆発させて合図した。これも何かの運命だな」

「ムケッシュ！　他のクルーは無事なの？」

「たぶん無事だ。くじ引きはしなかったし、君の家族の面倒は見るから！　なんて事態も避けて、みんなで酸素を平等に消費した」

世界の大富豪〝セブン・リッチ〟の一人、ムケッシュ・アダニは、ラル博士が引っ張り出したエアホースを外部アクセス・パネルに突っ込んだ。続いて電源ケーブルも。

「貴方は、こっちのエアロックに入って、キャビンに移動しなさい。コバール博士が助けてくれるわ」

ラル博士は、すぐ相手車両に乗り込み、エアロックからキャビンへと移動した。五人が、息も絶え絶えという感じで横たわっていた。前部シートをフルフラットにして抱き合って寝ている。これが一番酸素を節約する方法だ。だが、電源を失い、室内は氷点下だった。

　全員、保温用のブラケットを纏っていたが、酷く体温が下がっていた。一人はすでに昏睡状態に陥っている。カンフル剤を打ち、深部体温を上げるためのサーモ・ブラケットを掛けた。

　キャビンの気温はどんどん戻ってくる。元気な順から、ラル博士は二人をこちらのローバーに移動させた。

　彼らの回復を待つ間に、ヨー博士と無線連絡が付いた。すぐそこまで来ているとのことだった。

　ヨーが到着すると、次の二人をヨー博士のエアロックへと入れた。代わりにヨー博士が降りてきて、アダニと一緒に遭難車両のキャビンに乗り込んで来た。

「彼、助かりそう？　僕が雇ったドライバーなんだけど、責任を感じたらしくて落ち込んでいた」

　とアダニが聞いた。

「何とかなるとは思うわ。典型的な低体温症。パーソナルデータには既往症も書かれていないし。アラン、どうしてここがわかったの？」

「それが、君たちが現れないものだから、一瞬パニックに陥ったのだが、地震波を計測した。落雷とは全く別もののね。で、誰かがバッテリーを爆発させたのだろうと思って、こっちに走ってきた。火星にようこそ！　ミスター・アダニ」

　と右手を差し出した。

「申し訳無い、ヨー博士。全部、僕のせいだ。出発を急がせたせいで、慣性航法装置のジャイロの安定化に失敗した」

「そうですね。でもこれで地球への良い土産話が出来たことでしょう」

「僕は地球へは戻らない。火星に留まって、カリスト探検の指揮を執る」

ラル博士は、無言のままアダニを睨んだ。

「積もる話もあるでしょうが、この車両を使えるかどうか、自分らが朝まで検証して、可能なら修理して出発します。ガリレオ・シティからも捜索隊が出ている。早めに彼らと連絡が取れればよいが……」

この奇跡的な救出劇は、たちまち火星から月へ、そして地球へともたらされ、大いに沸き立ち、たちまちボリウッド映画の企画書が書かれることになった。

彼ら捜索隊が熱交換器を持ってサイト‐αに戻った頃には、もうサウナは完成していた。

ラル博士は、医師として、捜索隊にはサウナの使用を禁じた。まず全員、十分な休息と睡眠を取ることを命じた。ただし自分だけは、アダニと籠もって、愛を貪ることになったが。


航空自衛隊第一輸送航空隊副司令の別府克彦《べっぷかつひこ》一佐は、T‐4練習機の後部座席に乗り、第四〇四飛行隊のKC‐767空中給油機がフライングブームを伸ばす様子を見守っていた。

その先には、NGAD戦闘機一機が待機している。もう一機は、二〇〇〇フィート離れた援護位置に就いていた。

優美な機体だった。F‐22戦闘機には、王者としての佇まいがある。F‐35戦闘機はだがしかし、ずんぐりむっくりとして、戦闘機としての愛情が湧くことはない。

だが、このNGADは、まさに次世代の戦闘機だ。垂直尾翼はなく、全てを推力偏向ノズルや補助翼でやってのける。

コクピットはステルス仕様のキャノピーでゴールドに輝いている。だが、そのシートにパイロットがいないことは見て取れた。F‐22戦闘機の反省からか、コクピットはF‐35並の空間は取られているようだ。そして、HUDはない。恐らく全ての情報は、JHMCS、ヘルメット内ディスプレイに集約されるのだろう。

翼端や機首回りに見える小さな黒いレンズカバーは、恐らく各種のセンサーだ。ETOSが出張っているF‐35よりスリムな設計だ。機体はF‐22より大型化しているはずだが、むしろスリムに見える。

二機のKC‐767に、NGAD四機と、アヴェンジャー無人機四機への空中給油が命じられた。テロリストは、この八機の編隊にいつでも駆けつけられるよう、空中給油機部隊を上空待機させよ、と命じているらしかった。

日本政府は、犯人の要求に屈した。屈したというか、他に選択の余地は無かった。どこかの都市なり、仮に無人島であったとしても、自分たちの領土で核兵器を使われるなど悪夢でしかない。

とりわけ、米中ソ、三カ国で同時核ミサイル発射というど派手なデモンストレーションをやられた後とあっては、即答だった。

この四機のステルス戦闘機は、ここに到着するまで、ハワイ沖とグアム北方空域で、米空軍による二度の迎撃を受けていたが、損失は無かった。それどころか、この四機は、自衛用の空対空ミサイルを一発も撃っていないという話だった。

こんな異次元の戦闘機が出現しては、もう有人戦闘機の出番など無い。一〇年後、日本が日英伊で共同開発しているF‐3戦闘機が日の目を見たとしても、登場した時にはとっくに陳腐化していることだろう。

一機が給油を終えて離脱して行く。無人機のくせに、翼を左右に振って挨拶していく。まるで人格でも持っているかのようだ。

いったいこいつらは、本当にただのAIなのか？　それとも誰かが操っているのか、われわれを疑心暗鬼にさせてくる。


FFM〝もがみ〟（五五〇〇トン）は、日本海ほぼ中央部に位置する大和碓に到着し、海保巡視船の到着を待ちつつパトロールを開始した。

大和碓は、特異な地形だった。本来、水深がある日本海で、そこだけ海嶺が発達して浅くなっている。そのため栄養素が豊富で、豊かな漁場を育む。

そこで獲れる海産物を巡り、しばしば北朝鮮や韓国と奪い合いが発生していた。基本的には、その大部分は日本の排他的経済水域《EEZ》だが、もちろん周辺各国のほとんどは、それを認めていない。とりわけ北朝鮮は。そして最近は、中国の大型漁船も現れるようになった。

普段は、水産庁の漁業取締船と、それを守る海上保安庁が警戒に当たっている。海上自衛隊の艦船が近付くことは滅多に無いが、上空警戒はもっぱら海自の任務だった。

ただし、今は海上保安庁の無人機〝シーガーディアン〟が旋回していた。

副長の谷崎沙友理三佐は、司馬一佐と仲田一尉を、自慢の戦闘情報統制室《CIC》に案内した。〝もがみ〟のCICは、独特だった。ビデオ・ウォールという概念を導入した部屋で、継ぎ目のない巨大なモニターが三六〇度リング状に配置されている。乗組員はその輪の中で、三六〇度のモニターを監視するのだ。

そこに戦闘情報からブリッジ回りの映像、応急指揮所機能まで映し出される。CICからの操舵も可能としていた。

「今、正面に映っているのがいわゆる海軍戦術《NT》データ・システム《DS》の情報で、日本海周辺の日米海軍の艦船の動きと、他国艦船の情報が表示されています。潜水艦の情報は抜いてありますが。その隣が、海保からお裾分けしてもらっている〝シーガーディアン〟無人機の赤外線映像です」

「ああ、海保に先を越されて、海自が赤っ恥を掻く羽目になったあれね？」

　と司馬が嫌みを言った。

「はい。でも海自は哨戒機部隊がいますから、そんなに必要性はないんです。むしろ、無人機の導入は、自分たちの仕事を奪うと航空集団の抵抗があって……。右上に反航する船がいますが、水産庁の漁業取締船です。明け方、溺者救助がありまして、沈みかけた北朝鮮の漁船員を十数名助けたそうです。海保の巡視船と入れ違いに、いったん新潟港へと引き返す所でしょう。本艦は今、洋上を漂っている無人船の回収に向かっています。シーガーディアンが発見したのですが、小舟が漂っているということで、確認し、無人だとわかったら、あとの処理は海保に任せます。

　あと、海自もシーガーディアンの導入を決めて、海保と同じ八戸《はちのへ》での運用実験を開始します」

「そうなの。貴方、人から言われたことを根に持つタイプ？」

「いえ。とんでもありません！　失礼しました」

「副長、このシーガーディアンの映像は、こちらで記録とかしていますか？」

　と仲田一尉が尋ねた。

「はい。受信映像は艦内でも記録されています」

「もしご迷惑で無ければ、先ほどの漁業取締船の映像を見せて頂けませんか？」

　副長はオペレーターに命じて、その映像をスクリーンに出させた。

「たぶん、新潟を拠点とする〝白鷺丸《はくしゅうまる》〟ですね。九〇〇トン超えの、このクラスとしては、中型船中型船でしょうか。何か気になることでも？」

「ほら、ブリッジ周辺にズームした時の映像です。ブリッジ横のウイングに出て、据え付けの大型望遠鏡を覗いている人間がいる。右手に白く光る点がありますが、これは火が点いた煙草です。今時の日本の行政機関で、勤務中に煙草を吸える所は僅かでしょう。それに、彼の格好も、水産庁乗組員の制服というか、作業服とも違うように見える。たしか、クルーは繋ぎですよね？　上着でベルト部分が見えない」

「救出した漁船員ではないのかしら……」

「ここまでの自由行動を許すとは思えません。北朝鮮遭難者は、状況がはっきりするまで、潜入工作員として扱うのが、わが国政府の方針です。どこかの部屋に閉じ込めて見張りを立てるという原則対処方針は、農水省も自衛隊も同じなはずです。煙草が吸いたいからと、特別扱いするとは思えません」

「そうなの……。一佐殿はいかがですか？」

「何かの理由があって、彼らは、遭難者では無かったということではないの？　本当はゲストで、彼は日本政府なり米国への亡命を希望するＶＩＰだとか。新潟港へ向かっているのよね？　なら放っておけば良い。海保側に状況を伝えて彼らに対応させましょう」

「最悪の事態を想定するなら、漁業取締船が、遭難者を装った集団にシージャックされたということになりますが？」

と仲田が疑義を呈した。

「貴方も心配性ね。その場合でも、どうせ彼らは亡命が狙いでしょう？　入港したら投降するんじゃないの？」

「失礼ながら一佐殿。それは矛盾してます。日本の艦船に乗り込めた時点で亡命は成功、目的は果たしたと言える。あとは大人しく過ごすだけで良い。まともな食事にありついて、毛布を被って寝ていれば良いんです。なのに、仮に船を乗っ取ったとしたら、目的があったはずです。東へ向かってはいても、入港するのは新潟港ではないかも知れません。目的は亡命ではなく、日本への上陸もしくは潜入」

「どうしろと言うのよ？　ボートで乗り付ける？」

「命令とあらば！」

「いずれにせよ、乗っ取られたのか否かの状況次第よね。副長、そのへんの可能性も添えて、艦隊司令部へ報告して下さいな」

「了解しました。艦長に報告の上、ただちに注意喚起の至急報を打ちます」

「それと、まあないとは思うけれど、その取締船の簡単な設計図を入手するようにも」

副長が出て行くと、司馬は腕組みして、「貴方、まじなの？……」と部下を見遣った。

「だって、われわれが乗り組んでいて、何か起こっていたにもかかわらず見逃したら、それこそ問題になりませんか？」

「それはでも、海保の特殊部隊の出番じゃない。急襲できるヘリはいないし、複合艇で乗り込めば、蜂の巣にされるわよ」

「考えましょう！」

「うちはそもそも臨検部隊じゃないでしょう？」

「米海兵隊は何でも屋です。それを真似たからには、われわれも全ての任務を覚える必要がある」

「一選抜は、これだから嫌いよ。さっさと現場を離れて幕に戻って頂戴な」

谷崎副長は、ブリッジに出ると、艦長席の玉置二佐に「お話が……」とチャートデスクに下がるよう求めて、取締船に関する不審情報を伝えた。

「……たぶん何かが起こっているんだろうが、司馬さんの考えで良いんじゃないの？　まずは農水省の問題だし、次に海保。新潟港に入港せず、どこか他の所に向かうにしても、あのサイズの船を見逃すことはない。仮に、乗っ取られたとしても、勝手に上陸させて、あとは警察の仕事だろう。われわれはこのまま瀬取警戒に当たれば良いと思うけれどね」

「その瀬取の情報が、その遭難者に関する情報だったのかも知れません」

「まあ、その可能性はあるだろうが、とにかく、必要な情報を上に上げて、後は、幕なり政府の判断に委ねよう。われわれが率先して関わるべきだとは思えない」

「はあ……」

副長は、明らかに承服しかねるという顔をした。

「え？　副長として不満なのかね？」

「せっかく水機団の隊員もフル装備で乗っているわけですし、FFMは本来そういう任務もこなせる前提で造られたと思うのですが……」

「そうだけどさ……。でもそういう作戦って、大がかりな準備が必要だよね。船内の配置を確認して、僚船を使っての制圧訓練を繰り返して。いざ実行まで二日や三日はかかる。それで万一死者でも出したら、君は責任を取れる？　海保の仕事を奪ってまでやるべきだとは思えないぞ……」

「わかりました。ひとまず、注意喚起の至急報を打ちます」

「そうしてくれ」

「目標、視界に入ります！――」

と見張りが報告してくる。

「速度落とせ！　無人艇に水機団を乗せて、該当目標を回収させる。連中にとっては良い訓練になるだろう。兵隊を疲れさせれば、守備範囲外のことで口出しされずに済む」

副長は、通信班員にメモを取らせ、重要項目を認めて電文を送らせてから、後部無人艇格納庫へと向かった。

格納庫の低い天井にぶつからないよう、無人艇の送受信用アンテナは後ろ側へ倒されている。一応、人間が操縦する機能も付いてはいたが、基本は無人運用だった。

この無人艇もそれなりのお値段がしたが、後日装備の予算で買った船だ。

漂流船は無人だとわかっている。ピストルだけ装備した水機団隊員が、仲田以下四名後部デッキに乗り込んだ。人を乗せる前提にはなっていない。無人機雷処分艇という位置づけだ。機械室はあるがキャビンはない。人員は露天甲板に。人が乗る時は、落下防止用の柵を立てる。

クルーが、その柵を立てていく。漂流船を曳航するための太いロープも積み込まれた。彼らは、一通り漂流船を確認するだけだ。曳航するか否かはまだ決めていない。恐らく巡視船が収容することになるだろう。

艦の行き足がほぼ止まると、バラスト調整で艦尾が徐々に沈み始めた。艦尾ハッチが開き、水機団隊員を乗せた無人艇は、ローラー付きの台船ごと、海へと繰り出された。

乗組員も一人、操縦士として乗り込んでいた。

無人艇が漂流船に接近すると、仲田一尉が、「該船は複合作業艇《RHIB》の模様」と報告してきた。

「曳航可能か?」と聞くと、しばらくして、艇内の水を掻き出す必要があるが曳航には問題無し、ただしだいぶ傷んでいる模様だ、と報告があった。

水機団隊員がそのＲＨＩＢに乗り込んで、バケツで水を掻き出す様子がブリッジからも見えた。

「RHIBってさ、あのRHIBのことを言っているんだよね？　軍隊以外でも使っているの？」

と艦長はスキップシートから言った。

「最近はレジャー目的で売買されることもあるみたいですね。日本でも、内水面の遊覧目的で運用している会社があると聞きますが……」

副長は双眼鏡でその作業の様子を見守っていた。海水がくみ出されると、そのボートの舷縁《げんえん》が徐々に水面に上がってくる。これで沈まなかった理由はわかった。

空気が隔壁内に入っているので、どこかが破れたにしても、沈没することは滅多に無い。

ボートが引っ張られてくる。無人艇の収容準備を進めると、仲田一尉が、漂流船を収容してくれ、と伝えてきた。理由を尋ねると、後で説明するとのことだった。

「あのサイズ、収容できるの？　うちのと同じ長さだよね？」

「はい。場所を空ければ。ただ、うちのクレーンに適合しているかどうか」

と副長が自信なげに答えた。

「吊り下げ用のフックみたいなのは見えたねぇ……。副長は、無人艇の収容を指揮せよ。私は、あの漂流船を引き揚げる。左舷側扉を開けてクレーンを出すぞ！」

ＦＦＭは、ステルス艦として設計されたため、どこでも何でも収容できるというものではなかった。作業艇の類いを収容できる場所は決まっていた。

普段はそこに、ＲＨＩＢが乗っている。その複合艇より僅かに長い分の側面のハッチを開き、更にクレーンを出して下に降ろすと、こちらの乗組員はすでに船上に乗り移っていた。

艦長の顔が見えると「うちのボートです！」と船上から怒鳴り声が聞こえた。

「うちの？　うちのとはどういう意味だ！」

と艦長が怒鳴り返す。

「海上自衛隊の複合艇です！――」

と乗組員は、その小さな銘板が張られている場所を指差した。

「そんな馬鹿な……」と思った。

うちは高価な複合艇を洋上投棄するような余裕は持ち合わせていない。いったいどこの馬鹿艦長が、こんな高価なボートを捨てたと言うのか……。そもそも、任務中、どこかで複合艇を捨てたなんていう話は聞いたこともない。そんな事態になれば、始末書一枚では済まないだろう。それなりの処分があったはずだ。

その複合艇はだいぶ傷んでいたが、破れた隔壁はほんの僅かだった。あちこちフジツボが付着しており、それはキャビン部分もそうだった。小魚が暮らしていたらしく、中で跳ねていた。

ＦＦＭの舷側は、ステルス対策の壁で蓋をされているせいで、昼間でも異様に暗い。日中もＬＥＤライトが頭上で点っていたが、それでも暗かった。

何かの作業をするための灯りではなく、単に通行の安全を確保するための灯りだ。その場に集まった全員が、マグライトを持っていた。仲田一尉が現れて、艦長に報告した。

「申し訳ありません艦長。海自の持ち物だとわかった時点で、無線傍受対策が必要だと思いまして」

「正しい判断だ。君らも良く知っているボートだよな？」

「はい。いつもこれに乗って訓練しておりますので」

「最低でも四、五年は漂流していそうな感じだぞ……。インフレータブル構造なのに、紫外線劣化もなくこんなに持つのか。たかがゴムボートが」

「ゴムボートは失礼よ。日本の造船会社は、こんな便利なものは開発出来なかったんですから」

と司馬が修正した。

「副長、複合艇紛失の情報とか聞いたことがある？」

「いえ、全く……。何これ……」

副長は舷縁から身を乗り出し、操縦席のパネルにマグライトを当てて覗き込んだ。

そして、その後ろに置かれた〝もがみ〟の複合艇でも同じ仕草をした。

「艦長！　機械室の蓋を開けて、エンジンの製品番号を見て頂けますか？」

扉を開くと、えもいわれぬ異臭が漂う。機械室は油と海水に満ちていてが、エンジンのシリアル・ナンバーは読めた。

「本艦複合艇のシリアル・ナンバーを読み上げます！」

艦長は、その番号を聞くと、青ざめた顔で、「そんな馬鹿な……」と小声で呻いた。

「副長！　われわれは製品番号ではなく型番を読んでいるんじゃないのか？」

「いえ。型番はこんなに長くありません。こちらにいらして下さい」

艦長が自分のボートへと移動すると、副長は、操作パネルに向けてマグライトの光を当てた。

「この傷というか窪みです。前回訓練で、この複合艇を出し入れした時、乗組員の手が滑って、クレーンの先端部が操作パネルを掠った。幸いたいしたことにはなりませんでしたが、真新しい複合艇の操作パネルの金属部分に、長さ五センチ近い窪みが出来ました。あの時の艦長の注意は、ちょっときつかったと思いますが……」

「悪かったよ。反省している。一歩間違えばパワハラ紛いの暴言だった。ただ、あの時、私が怒ったのは、ボートに傷を付けたからじゃない。あんな硬い重量物を操作しているのに、手が滑ったら、本人が吹き飛ばされていたからだ」

「はい。それで、今、収容した複合艇の同じ部分です……」

副長はまた移動して、さすがに錆《さび》が浮かんだ操作パネルのその部分に光を当てた。

「角度、深さ、傷の長さ。全く同じです。この漂流船は、今隣に置かれたわれわれの複合艇です」

「あら……」

と司馬が呟きながら一歩後ずさった。

「私、席を外して良いかしら……」

「何がどうなっている？　誰か説明してくれ……」

と艦長が頭を抱えた。

「同じ内火艇がここに二隻あって、しかも一隻はどうしてこんなに劣化しているんだ。買ったのはほんの二年前で、ぴかぴかに維持してきたはずだぞ。誰かに担がれているのか？」

艦長が仲田一尉を見遣った。

「すみません。自分は弾道計算ならやりますが、量子力学とかはちょっと……」

「司馬一佐、どう報告しましょう？」

「とりあえず、海保に渡すわけにはいかないわよね。軍事用のボートだとわかったので、安全のためにこちらで収容した……、とでも言えば。昔、こういう奇妙な案件を扱う部隊にいたわ。部隊内で処理するなら、彼らに委ねるべきだけど、今の私の本能が言っているのはただ一つ。逃げろ！　よ。全員、ただちに艦を捨てて脱出しろ。ただし、この複合艇以外で――、と私の本能が言っている」

「理由はあるはずだ。何か説明が付くはずだ……」

「ひとまず、ここから脱出しましょう。北朝鮮も近いことだし。こんな所にいつまでも長居することはお勧め出来ないわ。どの道、巡視船はあと数時間で到着するわけだし」

「艦隊から退去の命令でもないことには……」

「緊急事態が起きたということで十分でしょう。その理由は後日説明すれば済むことよ」

「副長の意見は？」

「誰か、あるいは何者かが、本艦をここから遠ざけようとしている。そうとしか思えませんが」

「何者かというのは誰のことだ。こんな手の込んだ詐欺は、国家レベルでなきゃ無理だぞ。本艦の複合艇からシリアル・ナンバーや、特徴的な傷を手に入れ、同じ複合艇を入手して、細工して漂流させ、しかもわれわれに見つかるようにだ。そんな手間暇の掛かる陰謀を何のためにだ？」

「無人機は飛んでいるんだし、ここに留まり続けるのはどうかと思うわよ？　何か行かなきゃならない理由があって？　命令以外に」と司馬が迫った。

「命令以外には何もありませんね。状況が摑めない以上、本艦はここを離れるべきだとは思います。ＶＬＳも無い防御力ゼロな状態だし」

「じゃあ、そういうことでいいじゃない？　逃げましょう。この艦は、これからたぶん未曽有の危機に見舞われる。乗組員全員の安全に関わる問題よ。それを回避するために避難するのは全く正しい判断よ。誰にも非難出来ないわ」

「お言葉ですが、一佐殿。逃げるというのは、言葉の表現としてちょっと……。われわれは自衛官です。危険を顧みずに任務を遂行する義務がある」

　と仲田が司馬に意見具申した。

「世界が核戦争の崖っぷちに立たされている時に、任務遂行の義務があるとかしのごの言っても始まらないでしょうに」

「自分は反対です。ここでこれから何が起こるのか、見届けるべきです！」

　副長は強硬な態度で任務続行を主張した。

「仲田さんが副長の味方に回っても、階級では私たちが二馬身は引き離しているわよね？」

　と司馬はどや顔で言った。だが、艦長はあっさりと決断した。

「副長、艦隊に報告。漂流中のＲＨＩＢを発見し収容したと。それ以上の報告は要らない。このままパトロールを継続する」

「はい！　艦長。正しい判断です」

「それと、仲田一尉、このボートを隅から隅まで調べてくれ。どこかに、乗っていた人間の痕跡があるかも知れない。メッセージとか」

「はい。部下を集めてすぐ掛かります！」

　副長と仲田が去って行く。艦長はマグライトを消して、しばらくその漂流船のそばに佇んだ。

「貴方、無理したでしょう？」

「司馬一佐。ここに留まることが正しい判断だとはとても思えない。今すぐ、ここから立ち去るべきだ。だが、漁業監視船のことは気がかりだし、この後、極東で何が起こるかもわからない。警戒する艦が一隻くらい、こういう場所にいなければならないでしょう。われわれはリスクを冒すことを誓約してこの制服を着ている。たとえ間違った判断だとしても、ここに踏み留まるしかない」

「パドル付きの救命筏でも貸してほしいわね。新潟まで漕いで帰るから」

　八戸から二機目のシーガーディアンが上がった

と報告があった。一機目は、時々高度を落として白鷺丸を監視するようになった。

最終的に、水産庁は、白鷺丸が何者かにシージャックされた模様だと伝えてきた。交わされる通信は明らかに不自然で、最後には、シージャックを意味する秘密の符号が発せられたとのことだった。

艦隊司令部からは、白鷺丸をレーダー追尾圏内で尾行せよとの命令が下った。

白鷺丸は速力一〇ノットで東へ向かっている。二〇ノットは出るはずだったが、恐らくシージャックされたという事実を悟られたくないのだろう。速度は上げないまま走っている。この海域を抜けるのには時間が掛かりそうだった。

さらに、奪還作戦に備えて、白鷺丸の船内見取り図も送られて来た。仲田一尉は、漂流船の捜索を三〇分で終えると、奪還作戦の立案に取りかかった。

結局、漂流船内には、他に手がかりとなりそうなものは何も無かった。乗組員の人骨が転がっていないだけでも、まだましだと仲田は思ったが。

これから起きる事態、いや、ひょっとしたら過去に起こったかもしれない事態に、水機団も巻き込まれたのかどうか、問題はそこだった。

司馬は、水機団が持ち込んだ衛星携帯で、土門宛の短いメッセージを暗号化して送らせた。この状況を打開できるのは、彼らしかいないことは明らかだった。

NGADが展開する太平洋側と違い、ここ日本海は静かだった。今はまだ、平穏なまま、何も起こる気配は無かった。

国防総省・エネルギー省ペンタゴン調整局の魔術師《ソーサラー》ヴァイオレットの部屋に、トミー・マックスウェル空軍大佐が現れた。

　車椅子にだらしなく座るM・Aこと、ヴァイオレットに向かって、「一応、報告しておくよ」と正面の椅子に腰を下ろした。

「フライ作戦。完全に失敗した。参加したF‐22戦闘機八機、B‐2爆撃機二機の全機が叩き墜された。パイロットはそれなりに救出されつつあるが、捜索海域が何しろ広すぎる。指揮を執ったカミムラ中佐も救出された。彼の報告では『核ミサイルは発射は出来たが、恐らくはレーザーで無力化された。NGADは、信じられないような高G機動で味方機を翻弄し、一発とてミサイルやバルカン砲を撃つこと無く、レーザー兵器のみでわれわれを翻弄した。とりわけ、B‐2部隊を攻撃した手法は鮮やかで、まず最初に、姿勢制御用センサーをレーザーで潰し、稼働翼のヒンジ部分を狙って操縦不能に陥らせた。この戦闘機に対して、有人機で挑むのは無謀だと判断せざるを得ない……』。こんな所だ……。残念だが、映像記録はない」

「あれは、最終的には北京とかに向かうのよね？」

「平壌《ピョンヤン》とか北京だろうね。もっとも、彼らはいかなる脅しにも屈しないだろうが。自国へ向かって核を撃たれるとわかったら、日本にせよ韓国にせよ、他国を巻き添えにすることを覚悟の上で、核を撃ちまくるだろう。中国が今、日本の東海岸へ向けてバカスカ弾道弾を撃ち込んで来ないことが不思議なくらいだ」

「それって効果はあるの？」

「ないと思う。恐らくNGADは、弾道弾の発射とともにその情報を入手し、着弾空域から直ちに離脱するだろう。わざわざスーパー・クルーズしなくても、通常速度で脱出できる。そうだな……。

仮に、探知から命中までほんの一〇分しか無かったとしても、NGADの巡航速度なら、二〇〇キロは楽に離れられる。たとえメガトン級の威力でも、背中にちょっと熱を感じる程度だろう。何カ所か囲むように撃たれたら、スーパー・クルーズで脱出するまでだ」

「因果なものね……」

「何が？」

「私の父が昔、ホワイトハウス入りした時、指揮下を離脱した戦略爆撃機を一機、モスクワまで追い掛ける羽目になった。発見もできなければ、追尾も撃墜もできない。その娘が、同じ災難を抱え無込む羽目になるなんて……」

「将軍は、心配してらっしゃるだろう。ちゃんと電話してるかい？」

と大佐は、父娘が写った卓上のフォトフレームに視線をくれた。

「お爺ちゃんはもう孫のことで頭は一杯よ。娘のことなんて覚えているかどうか……」

「日本政府はNGADに対して空中給油を一回行った。それに対するコロッサスの反応はまだない。また何かあったら報告するよ。横になって休んだ方が良い」

「ええ。そうするわ……」

大佐が部屋を出て行くと、ヴァイオレットは秘書のレベッカ・カーソン海軍少佐を呼び、床にマットレスを敷くよう頼んだ。

コロッサスとガーディアン。この敵は、少なくとも二人だ。だとしたら、そこにつけ込む隙はあるはずだった。

第一三章　アップロード

警視庁の柿本君恵警視正を乗せたEC-135〝はやぶさ2号〟ヘリコプターは、田園都市線に沿って南下すると、青葉台を過ぎた当たりで、大学病院の屋上ヘリポートにいったん着陸した。そこで、神奈川県警の佐渡賢警部を拾ってすぐ離陸した。高度を低く抑えたまま飛び、すずかけ台駅隣の、とある大学のキャンパス内駐車場の、ぽっかり開いた草地に着陸した。二人はそのまま走り出し、私服警官が守るある研究棟へと入った。

階段を駆け上がり、姉川祐介《あねがわゆうすけ》教授の研究室へと駆け込んだ。

「ヘリなんて大げさな……」と教授は呆れ顔で言った。

「時間がありません！　今この瞬間も、日本政府は核で脅されているんです」

二人に続いて、三原賢人《みはらまさと》准教授が飛び込んでくる。こちらは息を切らしていた。

「ここに来ても、特段報告することはありませんよ。それに、今ではズーム会議だって出来るのに……」

「ネットを使いたくないんです。ここ、何かの機械が音声を拾っている可能性はないですか？」

「なら、電磁波遮断ケースにスマホを入れてくれ」

姉川教授は大真面目な顔でその箱を出すと、まず自分のスマホをその中に入れ、三原准教授にもそうするよう指示した。柿本も佐渡もスマホを放り込み、室内に居た助手連中には、部屋の外に出るよう命じた。

柿本は、トートバッグからクリップで留められたコピー用紙を出してテーブルに置いた。

「例のヘッドギアのセンサーに関して、ようやくメーカーから顧客リストを入手しました。昨日のうちに裁判所命令は出ていたけれど、日本の代理店は顧客リストを持っていなかった。今朝、また捜査令状を持って踏み込んだけれど、データは全て北米の本社にあって、日本からはアクセス出来なかった。苦労したわ。顧客全員を当たっている暇はありません。何人かピックアップして下さい。一〇人、あるいは法人を一〇件程度」

三原は、椅子に座ってそのリストを一瞥した。

二〇〇人以上の個人研究者や研究機関、メーカーがその会社のヘッドギアを買っていた。

「この中に、誰がいるんですか？」

「ガーディアンよ。コロッサスと対を為すガーディアン。日本人かどうかは確証はないけれど」

「今現在も事業継続中の法人はほとんど外して良い。大学の研究者も。そんな無駄金はビタ一文持っていないから。ああ！　このゲーム会社も買っていたんだ。何かやっているとは思ったが……。でも、ゲームで使えるようになるには、まだ四半世紀は掛かるだろうな」

「姉川先生、その後、収穫はありましたか？」

三原がリストを読む間、姉川に尋ねた。

「こういう状況下で申し訳無いが、私の頭脳は一つだ。会話型ＡＩを使って調べた所では、入手したプログラムのほとんど全ては、過去に書かれたことのないプログラムだった。もちろん、メーカーさんの極秘プログラムとか、軍用として書かれたコードは非公開だから、単に非公開であるものも存在しないことになる可能性はあるがね。いずれにしても、私が最初に得た、オーバー・テクノロジーであるとする見解に変更はない。たとえば、世界で同時三カ所で核兵器を爆発させるなんてこともオーバー・テクノロジーだと言えるだろう」

「全世界を核で脅している犯人が、オーバー・テクノロジーの持ち主だなんて公表できないわ。まだしも、進んだＡＩだと言った方がましよ」

「警視正、僕の発言て、どの程度重きが置かれます？」

と三原が聞いた。

「どういう意味かしら？」

「つまり、僕がここで何人か名指ししたとします。そしたら、機動隊とかがマシンガンを持ってドアを蹴破ったりするわけですよね？」

「ええ。時間がありませんから。悠長に身辺捜査だのをしている暇はありません。急襲して縛り上げ、洗いざらい吐かせるまでです。ことがことなので、法律は沈黙します。そこには容疑者の権利もない」

「責任重大だ。僕以外の専門家にも聞いてます？」

「これからそのホワイトナイトを一人一人ピックアップすることになるけれど、何しろそのリストの中には、三原先生の名前だってある。長い道のりになるわ。犯人に辿りついた時には、もう世界は終わっていたなんて事態は避けなければならない」

「じゃあ、一人だけ挙げます。たぶん、この業界で一〇人に聞いたら、全員がその名前を挙げるだろう人物の名を」

三原は、二枚目のシートの下にある個人の名前を指差した。

「高松蔵之介《たかまつくらのすけ》博士――。彼しかいない」

「根拠は?」

「まず、彼は天才です。脳機能学者ではなく、脳外科が専門の外科医だった。天才が付くくらいのね。東大の医学部からジョンズ・ホプキンズ大に留学し、三〇歳手前でもう日本の一線級の脳外科医として凱旋帰国した。ところが彼はある日、メスを置いて脳機能の研究に没頭し始める。だがそれも長続きはせずに、四〇歳手前で、アカデミズムからも消えた。

そして一〇年前、突然、ビジネス界の人間としてメディアに登場した。今は、人材派遣会社の経営者です」

「人材派遣会社? 長野の山奥で、信者を集めて有機農法とかやっているカルトの指導者ではなくて?」

「ええ。皆びっくりしましたよ。その人材派遣会社というのが、ケアホーム向けの人材なんです。何というか……」

「そこまでのインテリが始める商売としては平凡だと思った?」

「その手の人材派遣は、食いっぱぐれはない。何しろ、国相手に人材派遣しているようなものですからね。でも、でかい儲けにはならない。ビジネスとして手堅いのは事実だが、ああいう天才が始めるような事業じゃない。彼のことを知っている者たちは全員、奇異に感じたが、天才がすることはわからない」

「でも、貴方が彼こそガーディアンだと信じる理由は別にあるのでしょう?」

「ええ。実は五年前、研究に誘われました。彼はてっきり、研究は止めたものと思っていたので。会って話をしました。儲けは薄いが、それでも細々とした研究を継続する程度の稼ぎは得られる。少なくとも、今の日本の大学よりは、まともな金額を出せるとね。魅力は感じたが、彼ほどの天才の期待に応えられるようなレベルの成果は出せないと思ったから断りました。カネは無いが、まだぬるま湯の大学ムラの方が落ち着いて研究できると思ってね」

「ずいぶんな言われ方だな。教授も楽じゃないぞ」と姉川が顔を顰《しか》めてみせた。

「研究を続けていることを公にはしてないのね？」

「ええ。彼の誘いに乗った研究者はいたかも知れない。山梨に介護資格認定用の学校を持っているはずです。全国で募集し、そこで合宿させつつ養成して資格を取らせて、また全国の施設に送り込む。儲けは薄いとは言っても、天才ですからね。あっという間に事業を軌道に乗せて拡大した」

「そういう候補は、彼ひとりだけ？」

「ええ。彼以外にはいないでしょう」

「こんなリストがなくても、先生の頭には、最初から彼の名前が浮かんでいたのではなくて？」

「たとえそうでも、名指しするには勇気が要りますよね？　彼が真犯人なら、死刑は免れない。あと、噂がありました。研究者仲間の酒の席での噂ですけどね。彼が介護事業に進出したのは、被験者を手に入れるためじゃないのか？　と。惚け老人を使って人体実験して、仮に廃人になっても、認知症進行による自然死と区別が付かないだろうと」

「有り難うございます。その人物に的を絞れます。姉川先生、ネットの中にいるモンスターの駆除はできないのですか？　警視庁のシステムは無茶苦茶です」

「できない。それこそ、あれは生命体だね。デジタル空間に生きるある種の生命体だ。何かの意思を持っているかのようにも見える」

　柿本警視正は、佐渡警部を連れてヘリのキャビンに戻った。そしてリストを捲りつつ、ノート・パソコンを起動した。

「これ、名前の検索は拙いんですよね？」

「ええ。あっという間に紐付けされて、私たちが探していることが犯人にばれるわ。だから、検索方法を考えないと。たとえば、介護士資格認定でググると……。ほら！」

　画面には、介護士資格学校の案内がずらりと並んでくる。

「この先生の学校施設は、富士山の近くみたいね……」

「SATで急襲させますか？」

「ちょっと待って。ひとまず私たちは、ここまで飛びましょう。近くまで。SATで間に合うかどうか……。パイロットさん！　富士山麓を目指して離陸して下さい！」

　ローターが回転し始め、離陸する前に、柿本は習志野へ電話を一本掛けた。展開は読めないが、協力してほしいと、ターゲットのアウトラインを教えた。ただし、絶対にググるなと注釈つきで。

　柿本が電話を切ると、警視庁ヘリは軽々と離陸し、あっという間に飛び去って行った。目指すは富士山麓だった。


　サイレント・コア原田小隊は、その時、陸上自衛隊北富士演習場・梨ケ原《なしがはら》廠舎へと避難していた。

　トラックの類いは正門ゲート近くの、普段は戦車などを止めているエリアに置き、自己防御型指揮通信車〝ベス〟は、演習場内の僅かに残された森の中に突っ込み、カムフラージュ・ネットを掛けて隠した。

　ここなら安全というわけではなかったが、万一首都圏が核攻撃された時、部隊の全滅を避けるためだった。

　原田は、〝ベス〟の通信指揮コンソールの後ろに立ちながら、「呆れた偶然だ……」と呻くように言った。

「五キロだよ？　演習場の玄関からほんの五キロしか離れていない、事実上隣に敵のアジトがあって、そこに人質が囚われているなんて……。妻が聞いたら、こんな偶然は偶然であって偶然じゃない。量子トンネル効果だとかなんだとか言うだろう」

「そう言えば、最近、変な噂が出回っていました」

　システム担当のガルこと待田《まちだ》晴郎《はるお》一曹がスキャン・イーグルの映像をズームさせながら言った。

「自分たちが飛ばした覚えがないドローンが、演習場内で度々目撃されていると。せいぜい、マニアが何か新しい装備でも狙って飛ばしているんだろうという程度にしか考えていなかった。彼らはここでドローンを訓練していたんだ。ここなら、誰かが演習場の外で実弾を撃っていても、地域住民は、自衛隊の実弾射撃訓練だろうくらいにしか考えないですからね」

「建物に気付いていた？」

「われわれがここで訓練する機会は少ないですが、それでも、何かの介護施設が建っていることはみんな気付いてましたよね。羽振りの良い業界だなと思った程度で……」

「自衛隊基地のすぐ隣に介護施設やその学校があっても誰も不思議には思わない。まさかその裏で私設軍隊を養成しているなんて誰も気付かない」

　待田が、自衛隊の過去資料を漁って写真を一枚モニターに出した。

「これは、三年前、この演習場を空撮した時の写真です。北端に、その施設が写り込んでいますが、建物と建物の間を掘って、また埋め返しています。たぶん体育館程度の広さはある地下施設がここに造られていますね。今は、上は、お年寄りたちが寛ぐ庭になっていますが……」

二人の女性隊員がハッチを開けて上がってくる。

「レスラー、タオ、命令により、ジョギング・スタイルに着替えて出頭しました。と言ってもここではトレーナー程度しか手に入りませんが、演習場内コンビニで、ランニング・シャツを入手して、それっぽくしました」

タオこと、花輪美麗《はなわびれい》三曹と、レスラーこと駒鳥《こまとり》綾《あや》三曹が出頭して来た。

「靴はどうしたの？」

「演習場管理部隊の私物です。男もののランニング・シューズですが……」

「それで良い。ガル。航空写真を――。偵察任務だ。演習場のすぐ外にある。この目立つ白い二棟の建物がある。道路側が介護施設で、その奥が学校だ。研究施設がどこかはまだわからない。君たち二人は、演習場の北端から高速下のトンネルを出て、一般道に出てくれ。ルートはこれだ。林の中を西へと走り、北へと曲がり、施設玄関前を通過、更に北、東へと回って戻ってこい。これは偵察行動であると同時に、囮でもある。君たち二人は、演習場内上空に留まるスキャン・イーグルによって常にフォローされているが、たぶん敵のドローンも上がっている。敵の反応を見るのも目的だ。この辺りには、合宿所とかないわけではないが、若者がジョギングしているような場所ではない。敵は君たちのことを自衛隊隊員だとすぐ気付くだろうが、ここは自衛官が走っていても不思議はない場所だ。ただし、何かあってもすぐの救援は難しい」

「問題ありません。自分が対処します」

とレスラーが言った。筋骨隆々、そのままボディビル大会に出られそうな体格だ。

「いや、それは困る。大人しく捕まってくれ。人質救出の理由が出来る」

待田が通信用イヤホンと、親機が入ったウエストポーチを手渡した。

「見習い期間中に申し訳無いが、行ってくれ！」

二人が敬礼して出て行くと、代わってリザード&ヤンバル組の狙撃手コンビ二人が入ってきた。

「リザード、敵にはどのくらいの数の狙撃兵がいると思う？」

「小隊規模の兵力を想定するなら、当然最低三チームはいるでしょうね。ここを守るとしたら、一チームは施設の中、一チームは施設の外、一チームが休憩中という感じでしょう。施設の中にいるのはたいした脅威じゃない。出来ることは一般兵と同じだから。問題は、施設の外から中を守っている奴です。どこに潜んでいるか探らないと。しばらく時間を下さい。ロケーションを確認します」

「いざ突入するとなったら、攻撃はどうしようか？　スイッチブレードを突っ込ませるか……」

「敵はドローン慣れしている。それなりの防御はありますよ。ドローンで潰すのが一番早いが、それも用意しつつ、基本は自分らで対処します。ガルから詳細な3Dマップを貰って研究します」

「全部、任せる」

二人が下がると、フォールこと各務成文《かがみしげふみ》三曹が上がってきた。こちらもレスリング選手。もとはと言えば、この事件は、青葉台駅で、母校での練習帰りに各務が通り魔事件を阻止したことから始まった。

「小隊長殿、頃合いを見て、自分も走らせて下さい。敵はたぶん、自分の顔を覚えているはずです。何かの反応を引き出せるでしょう」

「それは良いけど、もし君があの時のヒーローだとわかったら、路上で狙撃されかねないよね？　君のことを相当に憎んでいるようだから」

　何しろ敵は、あの時の妨害者を出せ！　と習志野駐屯地を襲撃してきたほどだった。

「自分が犠牲になれば、施設を急襲する理由ができます。奥様を救出できます」

「いやまあそれは良いから。妻がここにいるとも限らないし。ただ、君のことは頭に入れておく。活躍できる場面があるかも知れない」

「お願いします。お邪魔しました」

　各務が下がると、原田はもう一度、その施設のクローズアップ写真に視線を戻した。

「ここ、ヘリパッドなんてあるんだ……」

「一応、医療施設の届け出は出ていますね。施設長が外科医なら不思議はない。医療ケア付き介護施設は高いけど良いですよ。富士山を拝みながらケアしてもらえるなら、多少お高くなっても、家族として納得できるんじゃないですか」

　と待田が言った。

　レスラーとタオが二人並んで演習場を出て行く。もとから、そう車が多い場所ではない。

「この辺りを歩いたことはある？」

「ええ。武器を持たない訓練は、たまに外でもやりますから。自動車学校にゴルフ場、別荘地の建て売りに、コンドミニアム・タイプのホテルとかもありますね。大学の自然科学系研究所に、環境省の研究施設。こんな山の中にしては賑やかです。ただ、いわゆる一軒家は少ない。いざ戦闘になっても、民間被害は最小限に留められるでしょう」

「樹海って近いんだっけ？」

「青木ヶ原樹海ですか？」

と待田は航空写真を動かした。

「ここから西へ一六キロ。近いと言えるかどうか。でもこの辺りも、演習場を一歩出れば、どこも樹海と似たようなものです。道路から五〇メートルも森へ深く入ったら、その五〇メートルを引き返すのは絶望的な気分になる」

リザードこと田口芯太《たぐちしんた》二曹と、ヤンバルこと比嘉博実《ひがひろみ》三曹は、指揮通信コンソール隣の作戦用テーブルにつき、二三インチ・モニター二つを使って、待田が用意した3D画像をぐりんぐりんと回していた。

「ここさぁ……」

と田口が、何も無い樹海の上でマウスを止めた。真上から見下ろす限りでは、土地の凹凸は全くわからなかった。

「富士見ヶ丘ですか。ここ富士山なのに誰がこんなふざけた名前を付けたんだか……」

「いけると思わないか？」

「その施設から一マイルはある。一二・七ミリの対物狙撃ライフルが必要になる」

「持っていたら可能だよな？」

「そこまで離れる必要がありますか？」

「だって、周囲に高い建物は何もないだろう。しかもこの鬱蒼とした森だ。三、四階建ての建物がどこかにあったとしても、屋根に上っても視界は無いし、そういう建物は、まあこの介護施設だけだよな。三階建ての」

「そうは言っても、その富士見ヶ丘だって、頂上までびっしりと樹木が茂っている。視界はありませんよ」

「いや、ほんの一〇センチでも視界があれば良い。木々の隙間に一〇センチ、施設が見えるだけの窓があれば良い」

「これ、ドローンを低空で飛ばした所で、何にも見えないっすよ。こんな樹海だと」

「昔、噂があっただろう。中露のスパイが、ここに潜んで自衛隊の演習を監視しているんじゃないかと。俺はここまで歩いたことがある。確かに視界は無かった。ただの、そこだけせいぜい周囲からほんの二、三〇メートル高いというか盛り上がったただけの丘だ。

　あそこから対物狙撃ライフルを撃たれたら、この車両の音響センサーで方位は出せる。迫撃砲弾をバカスカ撃ち込むか、ヘリで上がってエヴォリスで撃ちまくるしかない。あるいは、向こうから見えるということは、施設からも見えるってことだよな？」

「ここにヘリはいない。対物狙撃ライフルは、俺のGM6では、その距離の精密狙撃は無理ですよ。かと言って、DSR‐1の338ラプア・マグナムでやります？　俺たちの腕でも、最長距離になりますよ。一マイルなんて……」

「ヘリはいないし、GM6以外、その口径は持って来てない。もし駄目なら、エヴォリスで牽制するしかないが……。滝ケ原《たきがはら》の普通科教導連隊は、迫撃砲の教導もやるんだよな？　あそこからならここは三〇分も掛からない」

「山の中とは言え、演習場外に一二〇ミリRTをバカスカ撃ち込むんですか？　この平時に」

「平時じゃないだろう」

「あちこち調整しても、二、三時間は掛かりそうな気がしますけどね。たぶん、昼行灯隊長としては、何をやるにしても部隊内で収めろと言うと思いますけどね」

「じゃあ、DSR‐1でやるしかない。抑えはエヴォリスってことで、要は施設手前の射線上で応戦すれば良いんだよな。手前に運動競技施設がある。野球場の観客席は南向きだ。あるいは、体育館の屋根だな」

「目立ちますけどね……」

「囮を連れていくしかないだろうな」

田口は、隣の原田を呼んだ。

「間違い無くここ？」

「北に富士吉田の街がありますが、ここより土地は低いし、二キロ以上離れています。身を隠して施設を守るには絶好の場所です」

「でも、この辺りも鬱蒼とした樹海だよね？」

「たぶん時間を掛けて、射線上の下生えを払うくらいのことはしたんだと思います」

「さっきちらと聞こえたけど、迫撃砲で潰すという手もあるんだよね？」

「上が許可するなら」

「部隊展開が間に合うという前提で、滝ヶ原に出動要請しよう。ここから撃っているとわかり、リザードで対処できないとなったら、間髪入れずに撃ち込んでもらう」

「了解です。六名下さい。準備します」

「わかった。キャッスルに仕切らせる。ガル、ファームを呼んでくれ。制圧と人質救出作戦を立てるぞ！」

あそこに、横浜で誘拐された萌と幼児がいるのか、確証は何も無かった。Nシステムはもとより、コンビニの監視カメラに至るまで、ネットワークはボロボロに破壊されていた。その足取りを追うことは出来なかった。

警視庁の小型ヘリが演習場の南端に着陸し、柿本警視正と佐渡警部を降ろす。

「ガル、上空に敵のドローンは飛んでいるか？」

「ここ、立ち木が大きくて監視用のマストが役に立ちません。レーダーを一瞬使って良いなら確認できますが？」

「敵を警戒させないかな……」

「ここは演習場ですから、日頃からいろんな電波が飛び交っている。フェイズド・アレイ・レーダーをワン・スウィープさせるだけです」

「やってくれ――」

車両後部ルーフに背負うフェイズド・アレイ・レーダーを起こし、三六〇度警戒した。

「ドローン三機を確認。一機は、富士吉田市上空ですが、高度は三〇〇メートル。中型のドローンですね。もう二機はオクトコプター・タイプでしょう。こいつは迫撃弾を下げている可能性があります。ただ、いずれもこちら側には接近していない。自衛隊を過度に刺激したくないのでしょう」

「うちは攻撃を受けたけどな。警視庁の客人に迎えのワゴンを出してくれ。こっちを警戒していないということは、敵はわれわれがここに潜んでいることを知らないということなのか？」

「はい。もうひとつの可能性は、われわれにそう信じ込ませるために、わざとドローンを遠ざけたか。敵は、どういうわけかわれわれと似た戦術を採っている。油断はできません」

「対空ミサイルをいつでも撃てるように。スキャン・イーグルは、迫撃弾とかキャッチできるの？」

「発射は捕捉しますね。結構な爆煙が起こるから。ただ、飛翔中の弾丸は無理でしょう。メーカーは、それも見えるよう開発はしているでしょうが」

柿本警視正らは、ワゴンでいったん正面施設へ案内された後、徒歩というか走って指揮車両までたどりついた。

柿本は、コンテナ車に上って来て呆気にとられた。ハリウッド映画にでも出て来そうな空間だった。

「いったいこのコンテナは……」

「日本で、いちいち申請無く公道を走れる最大サイズのコンテナです。コーヒーでも飲みますか？」

「いえ。結構です。うちも変な車両を整備しているけれど、掛かっている予算の桁が違うわね。ミサイルとか飛び出しそう」

「さすがにそこまでの性能はありません」

「SAT部隊は出ません。引き続き首都での騒乱に備えることになりました」

「いざとなれば、自衛隊もいますよ」

「はい。市ケ谷の某所に、完全武装の特殊作戦群二個中隊が配備されていることは知っています。それこそ、その気になればクーデターでも起こせるだけの戦力を持つ部隊が、官邸や霞ケ関と目と鼻の先に待機していることを警察庁幹部は快く思っていない。何をするにしても、ここの制圧は自衛隊に任せるそうです。敵がここにいることは間違いないんですか？」

「街の上空を含めて、ドローンを飛ばしている者がいます。施設の中のことはわからないが、ここだと見て良いでしょう」

習志野から、土門が衛星通信網で待田に呼びかけてきた。

「ガル、この回線は安全なのか？」

「声が酷く聞き取り辛いのは、量子暗号レベルの強いスクランブラーを介しているからです。これが突破されるようなら何をやっても同じです」

「わかった。原田君、例のあれは、君の所にあるんだよな？」

「はい？　ああ、パンダですか？　姜さんが邪魔になると仰るので、今はここです。オンラインですが反応はありません」

柿本が怪訝そうな顔をした。

「そちらに柿本警視正は着いたか？」

　原田は、ヘッドセットを警視正に渡した。

「こちらは柿本です。隊長さんの所に、連絡というか命令が届いているはずですが？」

「はい。治安出動命令を確認しました。本件はこちらで処理します。山梨県警は、そちらで対処願います。ドンパチが始まったら五分でパトカーが飛んで来る」

「問題ありません。ご迷惑はお掛けしません」

「では、原田君、人質の安全が最優先だぞ。人質を奪還して世界の平和を取り戻せ！」

「了解。作戦を開始します」

　原田は、コンテナ車の後部ハッチから顔を出し
「ファーム！　無線封止継続、ゴーだ！」

　と命じた。

　すでにリザード＆ヤンバル組は出発した。後は正面から攻める二個分隊を向かわせるだけだ。

「このコンテナ車はここに留まったままで大丈夫なのですか？」

「ええ。この指揮通信車両は、たとえ地球の裏側にいても同じ仕事をします。距離は問題にならないでしょう」

　自衛隊の中型トラックが正面ゲートから出て行く。この辺りは四六時中、自衛隊車両が走り回っている。上から見ている敵が注目するかどうかはわからなかった。

「ガル、スターストリーク待機」

「はい、誘導用レーザーマスト、木立の上まで伸ばします！　レーダーも待機中」

　まず、施設の北東側、林を挟んだ隣にある自動車教習所へと入った。一番林が薄い部分でトラック一台が停止した。林が薄いとは言っても二〇〇メートルはある。ここを突破するために、鎌や鉈《なた》が用意されていた。

　彼らが林に入ると同時に、一個分隊が正面から、

残る一個分隊の内六名が、競技場側に展開して壁を作った。

リザード&ヤンバル組は、囮の四名と離れた、野球場のアルプス・スタンド裏にいた。装備を置き、田口は、ＤＳＲ‐１狙撃銃を両手に抱え、囮組が、競技場隣の体育館の屋根に出て、配置に就くのを待った。

遠くから発砲音が聞こえてくる。それは、〝ベス〟の車内でも聞こえていた。

「恐らく五〇口径弾の狙撃。リザードが睨んだとおり、富士見ヶ丘からの攻撃です」

「無線封止解除。迫撃砲部隊に待機、狙いはフォレスト・ワン。ただし待機だと――。今のはどこを狙ったんだ？」

「介護施設ビル裏側の庭のようです。あそこは遮蔽物がありません」

どこかから、ヘリのローター音が聞こえてくる。

「うちのヘリじゃない。警視庁ヘリか？」

「いえ。どこのでもない。トランスポンダの表示無し。ただし、ローター音は、ＥＣ‐155と出ています。いわゆるドーファンですね。警視庁も持っていますが、消防ヘリに多い奴です。降下しています。レーダー入れろ。着陸して誰か乗り込むようなら、離陸する前に阻止する」

五〇口径がバンバンと撃ってくる。

「あれ、ものは何なの？」

「システムは、バーレットが一番近いと推定していますが、確度は六〇パーセント前後です」

スキャン・イーグルで見ている限り、部隊はそこでしばらく釘付けになっている様子だった。やがてスモーク・グレネードが焚かれ、その白煙に紛れて前進し始める。

「あの庭、結構広いよね……」

「ええ。老人の憩いの場ですからね。隣の学校ビルまで一〇〇メートル近くはある」

囮チームが、体育館の屋根に姿を見せた。

田口と比嘉は、スタジアムへと出る階段の踊り場に潜んでいた。そこは暗がりで、客席スタンドとの明暗差が大きかった。バイポッドを立てて銃を構える。

「距離は？」

「九七〇メートル。さすがにこの距離で外したら恥だな」

敵の狙撃手が、体育館屋根の囮に気付いて発砲を開始した。五〇口径銃なので、屋根を易々と貫通していく。

鬱蒼とした林の中から撃ってくるせいで、狙撃兵自体は全く見えない。だが、五〇口径のマズル・フラッシュは凄まじかった。

田口は、その光った点めがけて引き金を引いた。

「ヒット……。倒した。だがスポッターがまだ残っているぞ……」

「どうします？」

「俺がスポッターなら、このまま動かない。もっとも効果的な攻撃が出来る瞬間まで静かに耐える。教導隊にも手柄をやろう。小隊長殿に、支援砲撃を要請してもらってくれ」

原田は、演習場南端で展開を終えたばかりの普通科教導連隊に、支援砲撃を要請した。

一二〇ミリRT六門が火を噴き、富士見ヶ丘を更地にした。だが、敵は怯まなかった。

「レーダー反応あり。施設から何かが飛び出した模様。合計四発。ドローンですね。固定翼タイプの中型ドローンの模様。速度は知れているが、まっすぐこっちに向かってきます。自爆型ドローンです」

「レーダー波を捉えたんだな。迎撃する。警視正、少し揺れます。後ろのバーを摑んで下さい」

原田はさらに、椅子に掛けられたイヤーマフを被るよう指示した。

「これ、ミサイルは積んでないって……」

ルーフからスターストリーク・ミサイル四発が発射される。一発撃たれるごとに、車体はそれなりに揺れた。

「忘れて下さい」

ドローンを叩き墜す。その間にも、ヘリが降下してきて施設北側のヘリパッドに着陸した。

「搭乗者の有無を確認。あれ、どこのヘリ？」

「民間の空輸会社のヘリですね。離陸する前に攻撃した方が良くないですか？」

「パイロットが脅迫されて操縦しているのかも知れない。状況確認が出来るまで攻撃は控える」

「部隊が学校の建物に取り付きました。制圧に掛かります」

「地下施設への出入口を探せ。それが最優先だ」

着陸したヘリは、ローターを回したままだった。三階建ての校舎内で銃撃戦が始まった。

庭では、オクトコプターが迫撃弾を落とそうと近付いてくる。それをドローン・ディフェンダーで叩き墜す。

「敵の中型ドローン、一機残っているよね？」

「教導隊に譲りましょう。演習場方向へと向かっている。撃墜しても下は樹海です」

11式短距離地対空誘導弾が発射され、自動車学校手前の樹林上空で、その中型ドローンを叩き墜した。

スキャン・イーグルが、庭を横切るコマンドのハンド・シグナルを捉えた。

「無人だと言ってますね。あのヘリは無人のようです」

「ヘリって自動操縦で離着陸もできるの？」

「ドローンだってそれができるんだから……」

「誰かが乗り込む前に破壊しよう。銃撃させろ！」

「駄目ー！　ヘリコプターの破壊、駄目絶対！――」

コンテナに、突然、幼児の叫び声が響いた。

「え？　何なの？」

と柿本が驚いた。

原田が、最前部に設けられた指揮官用コンパートメントを覗いた。

「戻って来たのか？」

と原田は、ベッドにもなるソファの端に座っているパンダのぬいぐるみに話しかけた。「――はい。私は……、元気です。ヘリコプターの破壊は駄目です！」

「なぜ？」

「――タイムラインを破壊します。あれを傷つけては駄目です」

「ガル、ヘリの破壊はいったん待てだ」

「これ、何なの？　確か隊長さんの部屋にあったぬいぐるみですよね？　それにこの六歳の女の子みたいな声は？」

と柿本が訳がわからないという顔で質した。

「ただのロボットです。会話型ＡＩ。このＡＩの指示で、一度は妻の元まで辿り着いたが……。声は気にしないで下さい。妻が設定したらしい」

「ナナ、ネットの中にはまだ敵がいるんじゃなかったのか？」

「――はい、パパさん。まだいます。今は少し、私の方が元気です」

「隊長、萌さんです！　ヘリに向かって歩いています！」

モニターに、買い物用のザックを背負い、幼児を抱きかかえてヘリへと向かっている萌が映っていた。

「何をやっているんだ？　ナナ、萌は何をしようとしている？」

「――わかりません」

「あのヘリはどこから現れて、どこに向かっているんだ？」

「――名古屋空港を無人で飛び立ちました。残燃料と、ママと男の子の体重から計算して、あのヘリは韓国までは飛べますが、北朝鮮や樺太、北方領土まで飛ぶことは出来ません。空中給油能力はないので、事実上、日本領土からは出られません」

「いや、そういうことじゃなくてさ……」

萌は、ドアを自分で開けると、男の子と後部座席に乗り込んだ。ヘリは、二人を乗せるとすぐ離陸して北へと飛び去って行った。

「空自のレーダーって、内陸側もカバーしているんだっけ？」

「とりあえず、誰かが捕捉してくれることを祈りましょう」と待田が答えた。

「彼女はなぜ子供を抱いて乗り込んだの？」と柿本が混乱したように言った。

「そうすることが合理的だと判断したからでしょう。そういう人です」

柿本は携帯で警視庁を呼び出し、ヘリを追跡するよう要請した。空自は、浜松基地からT‐4練習機二機が、ヘリの捜索と追尾に上がった。

コクピットにパイロットは乗っていず、当然、無線で呼びかけても誰も応答しなかった。

ただ、しばらく並走して飛んだ警視庁ヘリのパイロットの報告では、人質の女性は、キャビンから手を振り、遊覧飛行を楽しんでいるようにも見えた……、とのことだった。

ヘリは新潟方面へと飛び続けた。

そして地上では、ナナが作戦の指揮を取り始めていた。そこいら中にブービー・トラップが仕掛けてあり、不用意にドアを開けるな、部屋に入るなとの命令だった。

抵抗する敵兵士の数は確実に減り続け、ナナは、地下施設への入り口として、庭の中央部にある東屋《あずまや》に向かうよう命じた。その小洒落た東屋の中央にある丸いテーブルは、持ち上げれば外すことが出来る。台座はハッチ構造になっていて、それは脱出用のハッチだから、そこから入れとの命令だった。

地上施設の掃討に三〇分掛かった。警視庁プロファイラーの即席分析では、高松蔵之介という人物は、窮地に陥って自殺するようなタイプではない。掃討を急ぐ必要は無いとのことだった。

ヘリが飛び立った三〇分後には、山梨県警の機動隊員を乗せたバスも到着していた。

原田と柿本らは、地下施設のブービー・トラップの解除が終わるのを待った。敵側の死傷者は三〇数名。ヘッドギアを装着したスーパー・ソルジャーはいなかった。

地下施設は、ブービー・トラップで守られていただけで、兵士はいなかった。ここで撃ち合いになるのは避けたかったのだろう。

カルト宗教とは無縁な男だという理解だったが、そこにはシンプルな祭壇状の部屋があった。排気塔付きの焼却炉もあり、質素な棺桶に、背広にネクタイを締めた男が横たわっていた。

原田は、皮膚を摘まんで「死後一二時間前後ですね……」と説明した。

「高松博士その人ね。うちのプロファイラーは、自殺なんて絶対しない男だと言っていたのに、プロファイルって当てにならないわ」

「――顔を見せてくれ……」

突然、部屋全体から不気味な声がした。

「――顔を見せてくれ。祭壇の右上のカメラだ。赤いランプが点滅している……」

「貴方は誰？」

　と柿本がカメラに向かって呼びかけた。

「――私は、高松蔵之介だ……。そこにあるのは、ただの、壮年に差し掛かった男の抜け殻、現世の空蟬《うつせみ》だ」

「そう。貴方が高松博士だというのなら、貴方がただの会話型ＡＩではないということの証明をしてみせて下さいな。今時、ＡＩは、アインシュタインの思考や声色だって再現してみせるのよ」

　柿本は、うんざりした態度で告げた。

「――残念だが、それは無理だな。君らが、私の声を個人の意志だと受け入れるか、それともＡＩだと判断するかは些末な問題だ」

「私の妻はどこに向かっている？」

　と原田が聞いた。

「――止めない方が良いな。彼女も了解したことだ」

「なぜ子供まで誘拐した？」

「――それは、今は説明出来ない。ああ！　素晴らしい。私はたった今、エーゲ海はミコノス島で、朝陽が昇るのを見てきた。そして次の瞬間には、西海岸のサンタモニカ・ビーチを染める赤い夕陽を見ている。肉体を捨てるのも悪くは無いな……」

「貴方は肉体を捨て、デジタル空間に意識や記憶を引っ越したわけね？」

「――そうだ。何もかも引っ越した。感覚もあれば、感情もある」

「何のためにこんなことを？」

「――こんなこと？　ああ、例の通り魔事件のことか。たいした話ではない。現代社会では、肉体がないと何かと不便だ。であるからして、私は当初、肉体を乗り換える研究を進めていた。つい昨日まで、それを諦めきれなかった。だが、実験の結果は思わしくなかった。結局の所、あと二世紀分は研究を経ないと、生身の肉体に意識や記憶を移植することは不可能だとわかった。操ることは出来るがね。肉体をほぼ完璧に操ることは出来る。それはつまらん研究だが……。だが私が望んでいたのは、そうではなく、記憶も人格も入れ替えることだ。それに失敗したとわかった時、私は自分の肉体を捨て、ネットワークに全てをアップロードすることに決めた」

「自分が何人殺したか覚えている？」

「――さあ。この施設だけで三〇人かそこいら実験中に死んだ。ああ、すまない。君らは、通り魔事件のことを言っているのか？　あれは、デモンストレーションも兼ねていたが、失敗だったな。社会には、時々ああいうカオスも必要だろう」

そこに罪の意識はなさそうだった。

「貴方の兵士たちは、どうして死ぬまで戦うのだ？」

「――ガスライティング、という言葉を知っているかね？　心理的虐待の一種だ。被験者を孤立させるために、些細な嘘を重ねて、最終的には、自分が間違っているのだと信じ込ませる。私はこの手法に長けている人間でね、三日もあれば、君たちを私の忠実な下僕にして見せるよ。洗脳とは似て非なるものだ。自分の社会的評価を疑うプライドの高い人間や、逆に人生に絶望している人々にはとりわけ効果がある。成功率が上がる。つまり、日本人全員だな。その気になれば、私はこの国の国民の相当数を操って武力革命を起こせるよ。そのためにも、肉体は残しておきたかったのだが……」

「貴方を逮捕するにはどうすれば良いの？」

「——君たちのその凡庸で陳腐な法体系の維持に貢献したいなら、ありきたりだが、被疑者死亡の上、書類送検という形にするしかないだろうな。検事は嫌がるだろうが、柿本君、君はそれで使命を果たしたと言える」

「貴方はオーバー・テクノロジーを使った?」

「——ふふっ……。オーバー・テクノロジーの定義にもよるな。この後の世界を見るがよい。私は、より良い世界を作る。君たちはどうだ? 今そこにある腐りかけた体制を守るために、ロボットのように、自我もなく、ただ汗をかき続けるのか?」

「貴方と話をするにはどうすれば良いの?」

「——いつでも、好きな時に呼べば良い。ただスマホを起動し、マイクに向かって、博士と呼びかけるだけで良い。私は、いつでもどこにでも存在し続ける」

「この後、何をどうしたいの?」

「——より良い世界を作るさ。民主主義の仮面を被った傲岸不遜で無礼千万な独裁国を消し去り、無能な政府を倒し、個人が幸福を追求できる社会を作る」

「あっ、そう! 頑張ってね——」

柿本がカメラを指差すと、佐渡警部がSIGのP228自動拳銃をホルスターから抜いて、二発発射した。カメラが破壊されると、柿本警視正は、もう一度棺桶の中を覗き込んだ。

「彼、ガーディアンだったのかしら?」

「——良い質問だが、答える気は無いな……」

まだ、犯人に聞こえていた。三人はその部屋を出て、東屋の梯子を登って地表に出た。

「この後、五十年生きても、あそこまで自意識過剰な極悪人とは出会えそうに無いわ。私たち、勝ったと言えるのかしら?」

「犯人が自殺したという事実は重いですよ。われわれが迫ったからです」

と佐渡はこれで終わったんだという態度で言った。

「警察の捜査としては、終わったということで良いんじゃないですか？　後は人質の救出のみ。妻が解放されれば、それなりの説明が得られるでしょう」

と原田が言った。

「ただ、われわれが話した相手がＡＩであれ、本当に彼の意識であれ、ネットの中に凶悪な個性が放たれていることは事実です。新たな敵が現れたと解釈するしかない。サイバー戦は、自衛隊では無く、本来警察の任務です」

「貴方はどうなさるの？」

「妻を追い掛けます。ここの処理は皆さんにお任せして」

「私はお偉方に、政府はアメリカ政府に説明しなきゃならないのよ。報告書に何て書けばいいのか……」

原田は〝ベス〟に戻った。柿本と佐渡は、警視庁へヘリで東京へ。

トレーラーを北富士演習場へと戻しながら、原田は、習志野へ報告を入れた。

「ご苦労だった。またと言っては何だが、奥さんの件は残念だった。追い掛けろ！　それと、ＤＣから、オスプレイが向かっている。今、そっちにオスプレイが向かっている。今、そっちにオ君と話したいというお客が電話口に出ている。ソーサラーヴァイオレットだ」

「了解です。回線は安全ですか？」

「おい……、相手を誰だと思っているんだ？」

土門は、言葉を慎め！　と窘《たしな》めた。

「失礼しました」

一瞬置いて、相手が出た。

「……原田さん、ご無沙汰しています。奥様のことはお聞きしました。われわれに出来ることがあれば協力します。まだＮＧＡＤの目的もわからないのだけれど」

「ご無沙汰しております。将軍はお元気ですか？」

「ええ。お陰様で。会話の七割は孫のことだけれど、お爺ちゃんはどこでもあんなものでしょうね。それで、警視庁からの公式報告書の到着を待っていると半日潰すことになります。貴方から聞けば、私は概要を一〇分後にはホワイトハウスに届けられる」

原田は、その地下施設でのやりとりを口頭で報告した。

「ヴァイオレット、人間の意識や記憶を半導体チップにアップロードできる日が来るとして、それが一〇年、二〇年後に可能だとはとても思えないのだが……」

と土門が口を挟んだ。

「われわれエネルギー省やＮＳＡが最も熱心に研究している分野です。一〇年後は無理であるにせよ、二〇年後はどうかわからないわ。でも、現状それがオーバー・テクノロジーであることには同意します」

「では、あれはただの会話型ＡＩですか？　マッド・サイエンティストを演じるＡＩ……」

「コロッサスは詩的表現を好むけれど、ガーディアンはそうではなかった。ガーディアンが、その脳外科医を演じるとしたら、どう振る舞うかを心理学的に評価する必要がありますね。即答は避けたい。いずれにせよ、その邪悪な個性はまだネットの中を徘徊している。どうすれば排除できるのかを考える必要があります。コロッサスも似たようなパターンで、ネットの中に潜り込んでいるはずです。そこが突破口になるでしょう」

「それで、北朝鮮の問題ですが、何かわかりましたか?」と土門が聞いた。

「はい。調べました。CIAによると、近々、ある集団の亡命があるらしいということでした。ただ、どういう連中が、いつどんな手段で亡命するかまでは把握できていない。問題のデリケートさから、ぎりぎりまで細部が不明なことが多く、ただの偽情報である可能性も高い。CIAとしては、それはあるともないとも、何とも言えないそうよ。ただもし、誰かが、その水産庁の船を乗っ取ったのだとしたら、細心の注意を払ってくれということです。北も、そろそろ気付く頃だろうからと」

「了解です。全くの偶然ですが、現地には司馬がいます。彼女が対処するでしょう」

「あらまあ、あのシリアル・キラーさんが? それは心強いわね。またお話ししましょう」

土門は、北米との回線が切れたのを確認すると、原田に向かって「気を付けろ」と命じた。

「司馬さんからの短い報告だが、あの人にしては要領を得ない。彼女はあそこから逃げだしたがっている。たぶん金庫の案件だ!」

「そりゃまあ、妻が関わっているとなるとそうでしょうね。最善を尽くします」

トレーラーは、そのままオスプレイが着陸して待機するエリアに向かった。

待田が「姜小隊が、〝エイミー〟と一緒にCHで離陸しました。例のヘリは、間もなく日本海へと出ます」と報告した。

「北朝鮮までは燃料が持たないんだろう?」

「パンダはそう喋ってましたけどね。現状では、司馬さんがいらっしゃる海域へと向かう感じです」

そのぬいぐるみはまた黙り込んでいた。語りかけても返事はなかった。

「持って行きますか」

「いや、上空にいる間は、ネットも自由に使えない。ここでお守《も》りをしておいてくれ」

原田は、二個分隊を二機のオスプレイ輸送機に乗せて飛び立った。

第一四章　カリスト探検隊

火星、サイト‐αのダイニング・ルームで、ムケッシュ・アダニは夕食時に、その衝撃的な動画を見せられた。全身に鳥肌が立つのがわかった。

「地球上で、このサイズの新種の動物が最後に発見されたのはいつだと思う？　これがどうして今もここで生きているのか、リディにもわからないというのがまた面白いね！」

「面白い？　私は頭を抱えているのよ……」

とリディ・ラル博士は途方に暮れた顔で言った。

「本当にわからないのか？　たとえば、長い冬眠に入っていたけれど、われわれの行動で目覚めたとか？」

「一応、それも考えたけれど、数千年、管理する者もなしに冬眠を続けるのは無理よ。冬眠中も、ある程度はエネルギーを消費するから」

「じゃあ、こういうのはどうだ？　遺跡が暴かれたことに気付いた宇宙人が、先遣隊を送り込んできたとか？」

「われわれに察知されること無く？　オカリナが起動したことに気付いた宇宙人が、行動を起こした可能性はあるわよね。少なくとも、ここで何千年も眠り続けたとか、代替わりし続けたと解釈するより、また新たにやってきたと考える方が合理的ではある」

「じゃあ、なぜ接触してこないんだ？」

とコバール博士が聞いた。

「そりゃ、接触するに値しない種族だと判断されたんじゃないのか？　この砂嵐の中、空飛ぶ円盤でやってきたとしたら、われわれのちっぽけな技術では気づけないだろう。未だに原子炉でボイラーを沸かしているような下等種族にはさ」

とアダニが肩をすくめてみせた。

「結構進歩したわよ」

「本当に？　私の火星往還機には、ボイラーがあるんだよ？　この二二世紀にボイラーが！　産業革命から三〇〇年も経とうというのに、未だに原子炉でボイラーを沸かして、それでモーターを回して電力を生産している。核融合が実現した時代に、未だにボイラーで電気を作っている。カリスト探検でもボイラーを持っていくしかないとしたら嘆かわしいね」

「熱交換フィルムとか――」

とアラン・ヨー博士が口を開きかけると、「あんなの！――」とアダニが眉をひそめた。

「あのフィルムの変換効率は、もう二桁は上げてもらわないと、とても使い物にならない。ピザ一枚焼けやしない……。原子炉容器にペタッと貼り付けた方が早く焼ける」

今夜は全員で、アダニが命懸けで運んで来た冷凍ピザを食べていた。非常食以外のものを食べるのは久しぶりだった。食事と呼べるものは、毎週末の夜に一食だけ、解凍したチキンをソテーにして食べるだけだった。この暮らしが、まだ四ヶ月は続くことになる。

しかも、アランを含めた同行者が六名増えたことで、食料のやりくりは逼迫することになった。また、谷底まで、例の非常食を回収しに行くしか無い。

「貴方は、四ヶ月もまともに地球と通信できないのに、ビジネスに支障はないの?」

「僕に代わって会社を回す有能な経営者がいてくれる。僕の仕事はただ、その彼ら彼女らに高額報酬を支払うことだけだ。首切りも、どの分野にいくら投資するかも、全て彼らが決めてくれる。僕は、会社の広告塔として、こうして危険を冒しているだけで済む。従業員の首切りより遥かに楽な仕事だよ。それで、そのアダムやイヴの捜索はしないのか?」

とアダニはヨー博士に訊いた。

「どの道、この砂嵐が収まるまでは、まともな捜索活動はできないだろう。その間、私は施設を保守維持しなければならないし、ラル博士には、医師としての任務もある」

「誰にも怪我してほしくないわ。外科ロボットを頼るしかないから。通信環境が劣悪な状況では、ガリレオ・シティからの技術援護が受けられない。ロボットが記憶しているパターンでしか手術できないのよ。コバール博士は忙しそうだけど?」

とラル博士が言った。

「私は、いろいろやりたいというか、やらなきゃならないことがある。氷の下の探査に関して、月面基地でコールド・トラップを研究している連中から、音響探査用の最新ソフトを貰えることになっている。それと、実は、第4室の奥に、もう一つ何かがある可能性が出て来た」

「え? 何、それ!」

とラル博士が驚いて言った。

「第4室の下に、異星人の熱交換器が氷床まで伸びている。恐らく電力確保用だろう。その発掘はまだだが、構造的に、その一部が第4室の奥へと伸びている可能性がある。それと、ヨブ&ヨナを発掘した初日、私は余った時間で、壁を叩いて歩いた。その時は宇宙服越しだったから、その反応はよくわからなかった。だが後日、音響データを分析してみたら、奥側の壁だけ音が違っていた」

「散々議論したけれど、第4室の奥に空洞はないという結論では無かったの？」

「ああ。空洞は無い。空洞ではないんだが、たぶん、いったん空洞にした後、レゴリスを充塡して封鎖された部屋だろうと考えている」

「何のために？」

「素人による盗掘を避けるためだろう。より進んだ文明による進んだ技術での探査なら、そこに何かがあると気付く前提での構造だと思う」

「何があるの？」

「そんなに大きな部屋ではない。冷蔵庫一つ分とか、あるいは最大に見積もっても、ウォーキング・クローゼット程度の広さだろう。そこだけ埋め戻して、わざわざ壁で塞いだ。盗掘対策だ」

「それは面白そうだな。ぜひ発掘を手伝わせてほしい。考古学の発掘なんて、昔から学者とパトロンの協力関係があっての成功だろう」

「他にやることはないから、その作業に取りかかりたいが、アダムの件がある。護衛も付けずに作業して、襲撃でも受けたら大変だ」

「護衛ならいる。私が連れて来た仲間が。彼らにとっても、ここで四ヶ月遊んで暮らせといわれるよりはましだぞ？」

「なるほど。それは考えてみなかったな。どう？　コバール博士」とヨー博士が賛成した。

「万一、襲撃を受けた時に備えて、退避マニュアルをきっちり作成する必要がある。それで行けるかどうかの判断は、ガリレオ・シティのマーズ・コントロールに任せた方が良い。客観的な評価が必要だ」

「そうしよう。だがまずは、食料の確保だな。再びあそこに行って、ビスケットを回収してこなきゃならない」

「私のチームでやるよ。そのアダムとぜひ遭遇してみたい。だが、さすがにビスケットだけで四ヶ月は無理だ。ガリレオ・シティからの援助を考えるべきだ。食料を積んだ救援隊を呼ぶべきだ」

「ミスター・アダニ。貴方が運んでくれた保存食だけでも、われわれの食生活はだいぶ改善される。確かに四ヶ月は凌げないが……」

「われわれの遭難には理由があった。きちんと準備して出発すれば、真っ暗闇でも慣性航法装置だけで、ここまで辿り着けるだろう」

「無茶言わないでよ……。これ以上、ローバーを失えないわ。人命も……」

「なぜ？　なぜだ？――」

とアダニは不思議な顔をした。

「ここは地球から七千万キロ以上も離れている。君たちはこんな遠い惑星まで来たのに、今更、何を恐れているんだ？　西部開拓時代、多くのアメリカ人、移民が大陸を横断した。多くの開拓者が、飢えや疫病、寒さに斃《たお》れていった。だが、彼らは諦めなかった。カリフォルニアを楽園に変えたじゃないか？」

「彼らはたった一〇〇年でそこを近代都市にしたが、ほんの七日で、クレーターだらけの石器時代に戻した」

コバール博士が悲しげな視線で言った。今や、アメリカは、二〇世紀文明をただ懐かしむためだけのミームだ。

「それはちょっと考えよう。まずは、食料の回収が最優先だ。アダニ氏が行きたいなら、人数を増やして対応できる。作業に二人、安全確保に更に二人同行させられる。それで、せめて二ヶ月分の食料を確保できたら――」

「二ヶ月分の、硬いビスケット、と正確に言ってほしいわね……」

「そのビスケットさえ回収出来れば、この人数なら数年はここでサバイバルできる」

「正気を保てるかどうか自信がないわね。その内、スリッパを煮て食べるようになる。シャンプーをスープだと勘違いして飲むようになる」

「それはないと思うな。栄養失調に起因する妄想や精神障害は起きないだろう。ビスケットさえあれば、栄養素は足りる」

遭難者救助の興奮もあり、その夜は、たった一切れのピザを食べながら、皆大いに盛り上がった。お開きになった後、アダニは、わざわざ地球から持ってきたブランデーのボトルを持って、コクピットへと向かった。

部下に、それぞれヨー、ラル、コバール博士の三人の部屋をノックさせて呼び出した。

アダニは、シンス操縦用のシートに座り、部下にグラスと氷を用意してくるよう命じた。氷は、地下の機械室に置かれている。天然氷だった。

「シンスで潜ったことは？」

とヨー博士が聞いた。

「ある。酷く吐いた。二度とご免だと思ったね。あんなのに潜ってセックスできるなんて信じられない。この氷はどのくらい古いの？」

「ここのロゼッタ渓谷の氷床からボーリングで掘り出した氷で、たぶん三八億年くらい前のものだと思う。地球でようやく生命が生まれた頃だ」

グラスに入れた氷の塊を、アダニは、しげしげと見詰めた。

「三八億年、この透明な姿のままだった？　アムンゼン・スコット基地でも南極の氷でカクテルを作ってもらったが、それより古いのか……」

「南極に氷床が出来たのは、ほんの三千万年前だからね」

「正直な話、ローバーの生命維持装置が力尽きたとき、真っ先に後悔したのは、自分が死ぬことじゃなく、このコニャックが凍り付くことだった。ロゼッタ渓谷の発掘成功と、我らの無事を祝して乾杯だ！――」

「ミスター・アダニ。貴方がここにきた理由は、もちろんリディに会うため。だが、他にも目的があったはずだ。探検家としての目的が？」

とヨー博士がグラスの香りを嗅ぎながら迫った。

「その通り。ジュピターだ。ジュピター・レースが始まっている。誰が一番先に、カリストに降り立ち、無事戻って来るかのレースだ。セブン・リッチ全員がこのレースに参加している」

「リディと、意見の相違があったとか？」

「相違？　いやいや。もう一歩でお互い取っ組み合いの喧嘩になっていたよ。イーロン・マスクが歴史に名を残したのは、彼がリッチな成功者だったからじゃない。彼はただひたすら、がむしゃらに火星という目的に向かって突っ走った。だから、偉大な先駆者として名前を残した。カンパニー評議会は、普段、それぞれのカンパニーがやっていることに干渉しない契約で成立している。だが、ジュピター・レースはとにかく金が掛かる。だから、カンパニー評議会が選定した三社のみがジュピター・レースで実際にロケットを打ち上げることを認めている。実は、そういうルールを決めたのは僕なんだが、当時、正直、深宇宙探検には何の関心も無かった。だから、まず信じてほしいんだ。僕が、別に下心を持ってリディに近付いたわけではないということをね。

ただ、彼女の講演旅行を後援して、話を聞くようになり、僕は宇宙開発の虜になった。知っての通り、私のグループは一番出遅れている。このままでは、三社選定のコンペをクリアする可能性はゼロに等しい。君たちの口添えが欲しい。私は、その計画を遂行するに相応しい人物だと」

「それは構わないですが、でもわれわれはその評議会に関して何の権限も持ってませんよ？」

「構わないよ。ただ、私の熱意が本物だということを世間にアピールしてくれさえすれば良い。スタートラインにさえ並べれば、あとはやってのける自信はある」

「私は、カリスト探検の支持者です。コバール博士は中立より、やや私寄りかも知れない。リディは、ご承知の通り」

「いつか人類が、カリストに降り立ち、木星を見上げる日が来るにしても、それは今である必要はないわ。ここ火星開拓すらまだ始まったばかりなのに」

ラル博士は、きっぱりと言ってのけた。ムケッシュ・アダニの耳元で百回は繰り返した台詞を。

「探検に、早すぎるということはない」

「アメリカ大陸では、飢えた民衆が、電器や水道もない石器時代の暮らしを強いられているというのに？」

ラル博士は、何度でも蒸し返してやるという果敢な表情でアダニに挑んだ。

「それなりの支援はしてきた。そもそも自業自得だ。何年も掛けて発電所を復旧して街に灯りを点す度に、ショットガンを持った奴らが破壊していく。今ですらカンパニー評議会は、収益の一〇パーセントもアメリカの復興に拠出しているんだぞ。それはどの大陸に対する援助額より大きい。連中が、荒廃した暗黒大陸のままで良いというなら放っておけば良い。この二二世紀に、火薬を詰めた銃こそが法律であり正義だ、なんて時代錯誤な奴らの面倒なんて見られるか！

人類は、より遠くへ行く。その知的好奇心、探究心こそが、われわれの進歩の源泉だ。火星で安住したら、人類の進化はここで止まるだろう。カリストは、二二世紀の人類にとっての〝西部〟だ。アメリカは、内に籠もったせいで分裂し、自滅した。人類がその過ちを繰り返してはならない。足下を見ろと言うなら、リディは、地球へ帰って、国境なき医師団にでも参加すれば良い。そして、マンハッタンの無料診療所で働けば良いじゃないか。あの国の医療制度は、二〇世紀からずっと破綻したまま改善されることなく、二一世紀に入って国ごと消滅したんだぞ。ちなみに言っておくが、私のグループは、アメリカ大陸に一〇の医療チームを派遣している。毎年、ギャングに襲われて犠牲者を出している」

「ミスター、後半は余計だ。彼女は医師免許を取ってすぐ、ヒューストンでのボランティア活動に二年間も従事した。医師としての義務は果たした」

とコバールが、その認識を修正した。

「そのヒューストンも、二〇年攻防が続いた挙げ句に放棄せざるを得なかった。これはアメリカの問題だ。彼ら自身から、国を立て直そうという気運が生まれない限り、世界の援助は全て無駄になる。そもそも、人類は、この半世紀、アメリカ抜きでそれなりにやって来たじゃないか？　前世紀、アフリカが貧しいからと、誰かが救いの手を差し伸べたか？　中国もインドも、自分の力で勃興し、繁栄を手にした。アメリカがかつて文明国だったからと、嘆き悲しむことはない。彼らが自滅したから、われわれの今がある」

「もう良いわ……。地球上で散々議論したし、どうやら私は、ここでも地球でも少数派らしいから」

ラル博士は、あきらめ顔で首を横に振った。二人だけなら自分の意見を貫き通すが、三対一では勝ち目は無かった。

トーマス・ワンがハッチを開けて顔を出した。

「お楽しみの所申し訳ありませんが、ガリレオ・シティとほんの一瞬、無線が通じました。問題発生です。月面のアームストロング・シティで、オカリナが消えたそうです。ただし、盗難か、オカリナ、もしくはそれを所有する者の意思で消えたのかはわからない。サイト‐βのオカリナを至急確認せよ、とのことです」

「それは困ったな。われわれはこの通り一杯入った状態だ。トム、君に行ってもらうしか無いが……」

「構いません。ローバーを出すほどのこともないでしょう。宇宙服で歩きます」

「僕も行くよ！　ぜひ見てみたい。リディ、例の注射を打ってくれ。一瞬でアルコールを抜く奴を」

「一瞬ではないわよ。一時間は掛かるし、その後は頻尿が続く」

「紙オムツを履いていく。青年に連れは必要だろう」

オカリナが、発見時にインパルス攻撃という現象を起こしたため、その研究用に、サイト‐αから三〇〇メートル離れた地点にサイト‐βが建設された。そしてオカリナはカメラの類いには映らない。研究室に監視カメラが置いてあったが、用を為さなかった。

「サイト‐βは閉鎖状態では無かったの？」

「ええ。熱帯魚の水槽も、こっちに引き揚げた。今は、一週間に一回、システム・チェックに訪れるだけよ」

「では、トムと、ミスター・アダニに行ってもらう。レスキュー要員として、もう二人を待機させるよ」

アダニは、急速アルコール分解酵素の注射を受けて宇宙服を着た。ガリレオ・シティからの通信はテキスト・メッセージで、要領を得なかったが、ガリレオ・シティ自体、月や地球との通信に支障を来《きた》しているのだろうと思われた。

サイト・αのエアロックの外に、赤と青のライトが点っていた。

「ミスター・アダニ。今この窓から見えているライトは、きっちり一〇メートルの距離に立つポールのライトです。実は二〇メートル先にも同じポールが立っているが、全く見えない。ポールは一〇メートル間隔で立っている。視程はその程度だと思って下さい。時々、砂嵐はブリザード状になる。伸ばした手の先も見えなくなる。パニックに陥りそうになるが、そういう場合は、しばらくそこで立ち止まって下さい。首を振って左右を振り返ったりしてはダメです。途端に、空間識失調を起こします。方向感覚どころか、上下の感覚すら失う。ガイドロープはポールの結び目ごとにカラビナを付け替える必要があるが、世界三大ピークを登った経験のある貴方には説明は不要ですね」

「どうってことはない！　少なくともここは、滑落の危険はないからね」

ヘルメットを被ると、ヨー博士がハッチに貼られた大きな紙を指し示した。最終チェックリスト！　と赤い字で大書きしてあった。酸素残量、バッテリー残量、予備システム稼働チェック、無線と、一〇項目が書いてあった。

バックアップ要員二人も、宇宙服を着ていた。ワンとアダニが戻って来るまで、エアロック内で待機することになる。

ヨー博士がコントロール・ルームから無線で呼びかけた。

「二人共、この声が聞こえたら親指を立ててくれ……。今夜の砂嵐は、いつにも増して酷いが、夜明けを待っても改善はないだろう。無線が少し、通じにくくなるかも知れない。その場合は、施設まで辿り着いてくれ。施設内の有線電話は生きている」

エアロックを減圧し、ハッチを開ける。リディが、火星で宇宙服を着て一歩でも外に出てみれば、火星のテラフォーミングがいかに馬鹿げているかわかると言っていた。

馬鹿げているとは思わないが、確かに遠い道ではあるなと思った。たぶん、何千年も掛かるだろう。そして、火星の重力では、その大気を維持するにもまた莫大なコストが掛かる。

人類はこの二百年、地球の外に第二の地球を求めて足掻いてきたが、現実には、今暮らしている地球を住みよく維持する方が圧倒的に安上がりにつく。だが、身勝手な人類には、その程度の熱意もないのだ。

「トーマス！　トム君。これ何キロだっけ？」

「ほんの三〇〇メートルです！　ただし、僕もこの天気の夜に歩いたことはありません。天気の良い夜なら何度も往復しましたが。普段なら、施設の灯りがずっと見えています」

「もしガイドロープが切れていたらどうする？」

「心配いりません。そういう状況にも備えてあって、実は幅一〇メートルほどの道の両側に盛り土がしてあります。ほんの三〇センチほどの高さですが、その盛り土にぶち当たったら、道を外れるぞという警告ですから」

「君は、一期生なんだろう？」

「ええ。ですが、火星生まれではありません。火星の記憶しかないですけどね」

「地球へは戻れるの？」

「はい。地球重力に適応は出来るそうです。ただ、ラル博士のお話では、あまり勧めはしないそうです。心臓は火星重力下で成長したので、地球に降りたら何が起こるかわからないと。別に不安はありません。火星撤退となっても、月面で暮らせますから。月面ベイビーは可哀想です。月からは撤退しようがない。彼らは、地球上ではまず暮らせないそうですから」

遠くから雷鳴が聞こえてくるが、稲光は見えなかった。途中、アダニは一度、転んでしまった。ブーツの爪先が地面に引っかかったのだ。重たい宇宙服を着て歩く時は、なるべく爪先を上げろという注意事項を忘れたせいだった。

ガイドロープを摑んだが、ロープは、人間の体重を支えられるほどでは無かった。ポールごと倒してしまった。

「みんなには内緒にしてくれよ。みっともないから」

サイト・βに到着してエアロックから建物内に入ると、ワンは、まず施設全体の気密を確認してから、生命維持に必要な最低限のシステムだけ立ち上げた。窓にはびっしりと霜というか氷が貼り付いている。呼吸可能な気温が戻るまで、ヘルメットは脱がないよう注意した。

研究室の灯りを点して、グローブ・ボックスにオカリナがあることを肉眼で確認した。さらにヘルメットを脱いで肉眼で観察した。

「光ってないね……」とアダニが言うと、ワンは天井のライトの光量を落とした。それに反比例してオカリナがボーと青白く光った。

「これは蓄光なの？」

「ラル博士は、生物発光説を取っていますが。月面でご覧になっていないのですか？」

「私はつい昨日まで、宇宙開発にはたいして関心がなかったのでね。ロケットは単にビジネスとして飛ばしているだけだった。素手で触ったことはないの？」

「少なくとも、ここではありません。二重の電子ロックが掛かり、作業は全て記録されていますから。肝心のオカリナは映っていなくとも。でも月面基地では、札束を積んだ誰かが、素手で触っているはずだと噂は流れていますね」

「君は、インパルス攻撃は何だったと思う？」

「僕は、あの頃まだ学生だったのですが、文化人類学の教授が面白い解釈をしていました。恐らくオカリナは、有機体と接触した瞬間、その脳に蓄積された情報を全て抜き取り再生したはずだ。一瞬で。それは人間には負荷となり、気絶する人間も出た。その時、オカリナは全ての映像記憶も再生したはずで、そこには当然、幸せに包まれた記憶もあった。だけど、人間の生存本能というか防御反応として、誰かに記憶を抜かれるという行為に対して拒否反応が起こり、もっとも強い恐怖のイメージだけが残された。だから、ヒロシマ・ナガサキやホロコースト、ドゥームズデイのイメージが出現したのだろうと」

「どうしてこれを写真に撮れないの？」

「有機体しかこれを認識できないのは面白いですよね。実は、火星で飼われているペットの犬と猫を連れて来て実験したことがあります。犬も猫も、これをそこに存在する物体として認識しました。最近の仮説ですが、実はこの物体は、そもそも存在していないのでは？　という説があります。ただ、何かがわれわれ有機生命体に、ここにそういう形状の物体があるというイメージを植え付けているだけだと」

「それは面白いね。でも事実として、ダイヤモンド・カッターは刃こぼれを起こしたのだよね？」

「ええ。それも、刃こぼれを起こしたダイヤモンド・カッターという記憶を全員に拡散しただけだと」

ワン青年は、有線回線で、ヨー博士にオカリナを視認したことを報告し、このサテライト・ラボの施設をアダニ氏に案内すると告げた。それはほんの五分と掛からず、施設をシャットダウンしてエアロックから外に出た。

帰りもトラブル続きだった。半分くらい歩いた所で、ガイドロープが無くなっていた。アダニが倒したポールの辺りが丁度ロープを継ぎ足した所だったらしく、結び目が解けて、ロープは途中で尽きていた。

「大丈夫です。往路で説明した通り、壁がありますから、その壁を確認しながら歩きましょう」

だが、あるはずの壁が無かった。

「トム、この風はたぶん、風速四〇メートルはあるよね？」

「はい。大気圧が違うので、地球の風速とは体感がだいぶ違いますが」

「それが二ヶ月も吹き荒れたことで、盛り土が吹き飛ばされたのではないかな？」

「そのようですね。たぶん次のポールまで二〇メートルもないと思います。僕とアダニさんを繋いでいるビレイを解くと二〇メートルのロープになります。アダニさんがここで動かずにいる間、僕がロープを持って次のポールを探しに歩けば、お互い遭難せずに済みますが、ちょっと別の手を考えましょう。頭上のライトを消してみて下さい。夜目が必要です」

アダニは、左腕の操作パネルを見て、ヘルメット両サイドのライトを消した。

途端に真っ暗闇になる。

ワンが接触して来て、「アダニさんは、そのまま真正面、やや右側をご覧になっていて下さい」と命じた。

雷鳴が聞こえてくる。

「ああ、わかったよ。稲光でサイト - αが浮かび上がることを期待しているんだな？」

「そうです。夜目にすれば、たぶん建物のシルエットが浮かび上がるはずです」

五分、一〇分と、だんだんと夜目に慣れてくる。雷鳴が続いていたが、彼らが見たのは、施設のシルエットでは無かった。

最初、稲光に、人間の肩のようなシルエットが見えた。その稲光が収まると、はっきりと見えた。二足歩行する何者かが、二人の周囲を歩き回っていた。二人か三人はいる。発光していた。明らかにこれは生物発光だ。明るくはないし、たぶんライトを点けたら気付かないだろうが、どうかするとキラキラと輝いているようにも見えた。

やがて、相手は、二人の姿に気付いたらしく、関心ありげに周囲を回りはじめた。

「アダニさん、動かずにお願いします」

「握手とか、ハグとかダメかね？」

「握手やハグの概念を持たない可能性の方が高い。どんな動作も、敵対行為と見做される恐れがあります。死んだふりで凌ぎましょう」

アダムとイヴは、二人の周囲をぐるぐると回っていたが、やがて一体が、勇気を出して近付いた。そして、右手を上げて少しアダニの上半身を押してみた。ヘルメットのフードを撫でてもくる。アダニは、早鐘のように鳴る自分の心臓の鼓動が、宇宙服越しに相手に伝わるのでは無かろうかと思った。

二人は、微動だにせず、その場で一〇分ほど耐え抜いた。やがて、アダムとイヴは、興味が無くなったらしく、砂嵐の中へ消えて行った。

「この頭のカメラ、回っているんだよね？」

「はい。録画されています。ラル博士が喜びますよ」

一五分後、稲光が走り、サイト‐αが眼の前に浮かび上がった。ほんの五〇メートルも進むと、サイト‐αを出た捜索隊と鉢合わせした。エアロックが作動後、帰りが遅いので、ヨー博士自ら宇宙服を着て出て来たのだった。

エアロックに入り、一気圧が戻ってくると、アダニは「妖精と遭ったよ」と呟いた。だが、その顔は蒼白だった。

ダイニング・ルームで、二人のヘルメット・カメラの映像をタイムスタンプを並べて二台のモニターで同時再生した。

ラル博士がメモを取りながらその映像を見た。

「こんなことがあったら私、気絶しちゃうわ。アフリカで、ゴリラの生態研究に付き合ったことがある。安全だからと言われていたけれど、オスの一体と睨み合う羽目になった時は、全身から血の気が引いた。この大きな眼球は、夜行性動物のそれに近いわね。集光性能が良いはずよ。行動は、類人猿に近い。未知のものに興味を抱くだけの知的好奇心を持っている。そうか……。彼らは、主を探しているのよ！　生体シンスとして、彼らに命令を下してきた二足歩行の生命体もしくはロボットを探している。われわれ人間を、ご主人様だと勘違いしているんだわ」

「それは良いが、エネルギーは何なんだ？　口もないのにどうやって生きている？」

とアダニが聞いた。

「瞼は無さそうね。バイザーを触られた時、何か感じなかった？　たとえば粘液のようなぬちゃっ

とした感じがしたとか？」

「そうだな……、いや、どちらかと言えばサラッとしていた。脂分の無い、さらさらな指の腹という感じだった」

「ようやくわかった……。このシンスは、砂嵐からエネルギーを得ている。ここ火星では、砂嵐が起こす電荷をもとにエネルギーを得ようとする研究を大真面目にやっている研究者がいる。家一軒分とはいかないまでも、豆電球ひとつを点すくらいの電力はすでに得られている。だからこれだけ落雷もある。彼らは全身の皮膚から、その電力を得ているのよ。だから砂嵐を好んで動き回る」

「いや、リディ。そんなことより、渓谷の下に留まっていると思っていたアダムが、ここまで登ってきて、われわれの施設の周囲を好きに動きまわっているという事実の方が重大だぞ。ゴリラの群れの中で人間は暮らせない」


ヨー博士は、深刻な表情だった。明日以降の計画を全面的に練り直す必要がある。

「そうだけど、彼らはゴリラではないわ。軟骨でぶん殴られても、怪我するのは向こうよ。どこからか、登れるルートがあったということでしょうね。登山家にこの二〇〇メートルの壁を登れるなら、彼らも登れる」

「しばらく寝よう。四時間でも寝て、今日以降の計画を練り直す。ガリレオ・シティには、こちらのオカリナは無事だと伝えるが……。アダニさんは、この一週間の出来事だけでも本が一冊書けますね」

「だから冒険は止められない！　それはともかく、トーマス・ワン青年、君はカリスト探検隊の隊員になれ！　ノーは言わせないぞ」

翌日、お昼を回ってから、施設に残った全員で、渓谷底の非常食の回収作業に取りかかった。作業の警戒に四名、エレベータの警戒にも下二名、上二名。上部での移動はローバーの使用を義務付け、そこには四名の見張りを付けた。

作業の間、サイト‐αには夜勤班とヨー博士一人しか残らなかったが、日没まで続けた作業で、全員、あと四ヶ月サバイバルできるだけのビスケットは施設に持ち込むことが出来た。

万一火災が発生した時に備えて、翌日は、そのビスケットの半分をサイト‐βに移動する作業が行われた。

理由は不明だが、その二日間、生体シンスと遭遇することは無かった。ラル博士の考えでは、砂嵐が少し弱まったことで、活動レベルが低下したのでは？　とのことだった。

一週間、それら非常食の移動で時間が潰れる頃には、ムケッシュ・アダニとアラン・ヨー博士は、互いにファースト・ネームで呼び合う程度に打ち解けていた。

ガリレオ・シティから訪れた客人六人は、それぞれの仕事を与えられ、残った三ヶ月と少しを、どうにかここで過ごせる自信が付きつつあった。

そして、月面アームストロング・シティで消失したオカリナは、依然として行方不明なままだった。事件は月面警察の手に委ねられたが、何者かに奪われたのか、それとも自分の意志で消えたのか、それすらわからなかった。

国防総省・エネルギー省ペンタゴン調整局では、魔術師ヴァイオレットが、フィラデルフィアのあるホテルからファックスで届けられたファイルの束を捲っていた。

デスクの前では、言語学者のサラ・ミア・シェパード博士が、腕組みして舟を漕いでいた。

「はい、読み終えましたよ！」

とヴァイオレットは、シェパード博士を起こした。

「もうですか？」

「いいえ。私はこの全ページを一分で読み終えて、誤字脱字に至るまで、二〇頁分、全て記憶しました。でも、貴方を起こすのは気の毒だと思って、一五分待ちました。でも、理解したとは言い難いわね。そこは、ＡＩと同じよ。私はただ、記憶したのみ」

「凄いですね。ヴァイオレットのその才能、一度、研究してみたいです」

「貴方の前に、アメリカで有名な順から二〇番目くらいまでの学者が、私の言語能力を研究したけれど、何もわかったことはなかったわ」

「〝ミネルバのふくろうは迫り来る黄昏に飛び立つ……〟。え？　そうすると、ミネルバのフクロウとして何人かの学者の論文に出て来た被験者とは貴方のことだったのですか？」

「ギリシャ神話とか大げさよね。あの先生方にとっては衝撃だったらしいけれど」

「たまたまの偶然ですが……。昨日から、フィラデルフィアで、量子理論の学会が開かれていました。そこで、ノーベル賞受賞者四名を含む超一線級の研究者一二名をホテルに缶詰にして、一連の動きと、日本からの報告書を読ませました。とりわけ議論になったのは、『宇宙検閲官』に関する行です。自衛隊部隊が、ヨコハマで脅され、主婦と子供が誘拐された時の。彼らはもっぱら、物理学現象としての宇宙検閲官仮説を論じていました。でも私にはちんぷんかんぷんで。しかし、言語学者として、これは言語学的アプローチの問題ではないか？　と気付きました。物理学者は単にというか純粋に、物理現象としての宇宙検閲官仮説を論じていた。それが、お手元のレポートです。しかし、これが文字通りの検閲官だとしたら？　ガーディアンはその主婦に問い質しています。お前が検閲官なのか？　と。仮に未来では、言葉通りの、人間として宇宙検閲官が実在しているのかも知れないとしたら？」

「タイム・パトロールとか、タイムコップとか、次元管理人とか、そういうニュアンスかしら？」

「そうです。コロッサスやガーディアンがいた時代には、実際に存在したのかも知れない。タイムトラベルを監視する人々が」

「でも、ガーディアンは人間として実在したわけでしょう？　ちょっとサイコな外科医として」

「彼は、典型的なサイコパスのサディストですね。この両者はだいたい重なりますが」

「貴方は人格のアップロード説を信じる？」

「コンピュータ上に用意したアバターに性格付けしていったら、自分にそっくりの考えをする人工ＡＩが出来上がるでしょう。科学が進めば、見分けが付かない自分と自分のアバターが共存する時代になります。その状況を、自分の人格をアップロードできるようになったと主張する人々は出てくるでしょうね。ある種の疑似投影です。それでもう肉体は要らないと自死する者も出てくる」

「では、ここにいる私や貴方は、ＡＩではない、生身の人間だと断言できるの？」

「わかりません。たぶん、シンスへのアップロードが当たり前になる半世紀後辺りには、そういう議論が世界中で熱心に行われていることでしょう」

「ガーディアンが子供を欲しがったことに関する見解は、全員一致していたわね？」

「はい。私もこればかりは同意します。あのベトナム人幼児は、未来に於いて重要人物になる。彼こそ、コロッサスなのでは？　と主張した学者もいたようですが」

「ではやはり、私たちは未来と戦っているのね？」

「はい。その場合、いつどこで誰が始めた戦争なのか？　という問題が生じるそうですが。〝作者不詳のパラドックス〟です。作家が過去にタイムスリップして、着想のアイディアを自分自身に与えたとする。ではその作品は、誰がいつ考えたものだと言えるのか？」

「そしてそれは重要なことなのか？　でしょう」

トミー・マックスウェル空軍大佐が、開け放たれたドアをノックした。

「NGADが動き出した。日本列島を横断して、日本海へ出るようだ」

「では、彼らの目的は最初から北朝鮮とか、北京だったのかしら？　そこで第三次世界大戦を起こすとか？　私たち、誰かの掌の上で踊らされているみたいだわ。このNGADにしてから、彼らは最初から使命を授けられて離陸したのかしら？」

「どういう意味だね？」

「未来での行動が過去を変えるという考え方があるわよね。最近の量子理論のホットなテーマ。誰かが未来で戦っているんじゃないのかしら。私たちが今こうして足掻いているように、未来でも、戦っている人々がいる。過去に起きた悲劇を変えようと。NGADはたぶんその悲劇に関わっているけれど、どちらの味方をするのかはまだ確定していない」

「応援したいね！　ロシアが密かに認知戦で介入してトランプが当選した二〇一六年の大統領選を無かったことにしてほしいよ。もし未来と通信できる機械でもあれば、死力を尽くして頑張れ！と応援する」

「日本政府の反応は何かあって?」

「頼み事があれば、君の電話が鳴るだろう。残念だが、われわれも処置無しだ。北朝鮮や北京が、日本海にバカスカ弾道弾を撃ち込んでNGADを撃墜しようとするなら、われわれに止める術はない。北京は、やいのやいのと言ってきているが、彼らもNGADの撃墜が不可能なことは理解している」

大佐が姿を消すと、シェパード博士が「これ、頂戴してよろしいですか?」と机の端に重ねたメモ用紙に視線をくれた。ヴァイオレットが、原田と会話した時の彼女の走り書きで、全て日本語で書かれていた。

「どうぞ。私は、外国語を話す時には、基本的に英語で考えるのだけれど、日本語を話す時だけはスイッチが切り替わって日本語の思考になるの。言語学者はなぜそうなるのか説明は出来なかった」

「以前、中文にチャレンジしたことがあります。あまりに複雑な記号で、とてもマスターは出来ないと諦めました。ましてや、現代の簡略化された漢字を拒否して頑なに過去の画数の多い漢字を使い続ける民族がいるなんて。この人たち、自分たちの文字を習得するためだけに、人生を棒に振るのではないですか?」

「どうかしら。でも不思議なことに、この人たち、こんなに複雑怪奇な言語を習得するのに、世界で最も単純な英語を喋れないのよ。そちらこそミステリーだわ。あんにも知的な民族が、六年も八年も学校で英語を習って、でもマスターできない。日常会話すら出来ない。まるで何かの呪いみたいに」

シェパード博士が出て行くと、ヴァイオレットは秘書のレベッカ・カーソン海軍少佐を呼んだ。

「レベッカ、例の漁業監視船の解放作戦は進んでいるの？」

「報告は貰っていませんが、トライトン無人偵察機が監視任務に当たっています。現場に、こちらの特殊部隊が必要ですか？」

「いいえ。あの人たちで十分です。でも、何か引っかかるわね。まるで何もかもお膳立てされたみたいで。どこかで、筋書きを書いた作家がいるような印象を受ける。続報があったら回して頂戴」

　その筋書きを書いたのが未来人か、現代の誰かなのかが問題だな、とヴァイオレットは思った。仮に未来人が、過去を操っているのだとしたら、それはアメリカの味方なのだろうか？　あるいは人類の……。

第一五章　ドゥームズデイ

司馬光一佐は、ＦＦＭ〝もがみ〟の舷側で、ＲＨＩＢを降ろすための作業を見守っていた。

「ＦＦＭって、どういう意味なの?」と副長の谷崎沙友理三佐に質した。

「米海軍でのフリゲイトの艦種記号が〝ＦＦ〟です。そして〝Ｍ〟は、機雷《MINE》を意味するＭです」

「機雷掃討って、漁船に毛が生えたみたいな木造船でやるのじゃなかったの?」

「最近は、大型船の水中ドローンでやるのが流行ですから。一佐殿がＲＨＩＢで指揮を執られるのですか?」

「縁起でもない!　太平洋のど真ん中で溺れていても、こんな不気味なボートには絶対乗らないわよ!　私は無人艇に乗ります。それに、別に指揮を執るわけでもない。ただのオブザーバーですから」

隣には、引き揚げた朽ちかけているＲＨＩＢが置いてある。同じ型の船が二隻並んでいるのではない。物理的に全く同じ性質の船が二隻並んでいるのだ。

猫一匹を入れたシュレディンガーの箱の蓋を開けたら、双子の猫が現れたようなものだった。

司馬は、今、腰にピストル・ホルスターを装着していた。

「だいたい、海上自衛隊には特警隊という特殊部隊があるじゃないの？　どうして彼らが来ないのよ？」

「彼らも、何かあった時のための待機だそうです。ほぼ亡命だとわかっている事件でいちいち出るほどのことでもあるまいと」

「北からミサイルが飛んで来るわよ。この艦で防げるの？」

「最善を尽くします」

　完全武装の水機団員八名がボートに乗り込む。全員がサングラスを掛けているのは、うす暗い船内に突入した後の行動のためだった。

「じゃ、一尉殿、頑張ってね」

　と仲田栄光一尉に呼びかけた。

「はい。あの……、一佐殿。敵がどういう集団かわかりません。党の要人とか、核開発のエンジニアが乗っているかも知れません。彼らの証言は米側も欲しがるでしょう。本日は、ハッスル・タイムは無しということで……」

「あら、別に良いわよ。貴方が犯人を説得してくれるというなら、私がバヨネットを抜くこともありませんから」

「はい。ぜひその線で行きましょう！」

〝もがみ〟は、漁業監視船〝白鷺丸〟にすでに三〇〇〇メートルまで追い付いていた。向こうは速度を上げていたが、軍艦の相手ではなかった。更に接近し、五〇〇メートルまで接近した所でいったん減速し、無人艇とＲＨＩＢを発進させた。

　谷崎副長は、ＣＩＣに出頭すると、「無人操縦のヘリが一機近付いている」と玉置憲太郎艦長から報された。

「ヘルメットとベストを着ろ！」

「例の富士山を飛び立ったヘリですか？」

「そうらしい。もし、着艦したいそぶりを見せたら、受け入れよという命令だ。人質が乗っているから万全を期せとも。君はブリッジに。北朝鮮の戦闘機が近付いている。たぶん偵察だろう。この後に本隊やミサイルが飛んで来るかも知れない」

「空自の戦闘機は来るのですか？　まだあんな遠い所に？」

レーダー・スクリーン上に、ブリップが動いていた。ようやく佐渡に掛かる辺りだ。

「あれは、われわれの援護機ではない。例のＮＡＤを追うというか、一緒に飛んでいる連中だ。援護機はたぶんＦ－35だろう。こちらにも見えない。対空戦闘用意！　主砲に調整破片弾を」

「ＶＬＳもない状態で対空戦闘は無理です、艦長！」

「私も同じことを君に言ったような記憶があるが、いずれにせよ今更逃げられない」

谷崎は、ブリッジへと走った。眼の前やや右舷側に漁業監視船が見えた。ＲＨＩＢがダッシュし、後部デッキにアンカーロープを発射してデッキに引っかけた。絡んだ二本のロープの一本を回収すると、逆にラダーが繰り出されていく。

無人艇で援護する中、ＲＨＩＢを寄せ隊員が縄ばしごを昇っていく。抵抗は無かった。船上に姿を見せるものもいない。

目的がもし亡命なら、別に抵抗する必要もないだろう。ただ黙って捕縛されればよいのだ。

司馬は、残念だが、自分が乗り込むほどのことはあるまいと判断した。敵の抵抗はなさそうだ。無人艇を船体からやや離して、ブリッジが見える位置で援護するよう乗組員に命じた。並走する〝もがみ〟からも、ブリッジはよく見えている。

銃声は、今の所聞こえない。しばらくすると仲田一尉がウイングに現れて、作戦成功の大きなジェスチャーをして見せた。

〝もがみ〟に引き返そうとした瞬間、〝もがみ〟が、急に針路変更するのがわかった。監視船から距離を取ろうとしている。何かの射界を確保しようとしているのは明らかだった。

民間のヘリが近付いてくる。高度を落として、〝もがみ〟に着艦しようとしていたが、〝もがみ〟が針路変更したせいで、いったんホバリングに入っていた。

上空を小さな黒い影が横切る。航空自衛隊のF-35A戦闘機の二機編隊だった。爆弾倉が開いて、ミサイルが飛び出して行く。

「ええっ？……、ここは日本の領空外だと思うけどなぁ」

いきなり北朝鮮の戦闘機に仕掛けるつもりだろうかと司馬は思った。

だが、進路変更する理由はあった。北朝鮮の戦闘機から発射された対艦ミサイルが〝もがみ〟に向かっていた。

「副長、十二発の飽和攻撃はきついが防戦するしかないぞ。現時点では、どのミサイルがどっちを狙っているのか判然としないが、まずシーラムに射界を与える角度で西を向け」

艦長がCICから呼びかけてくる。

「同時着弾攻撃だと、全方位からの攻撃になります」

「わかっている。前方から突っ込んで来る奴は主砲弾。後方側面からはシーラムで。ECMも掛けてみるか……。あと、監視船と連絡は付くか？」

「はい。ブリッジ制圧できています！」

「では、全員、ライフベストを着て、船を捨てて飛び込め！　と無線を送れ。船上で死ぬよりはましだ。水機団にもそうするように。RHIBと無人艇である程度は救えるだろう」

「ヘリはどうしましょう？　無人操縦だと連絡の

取りようがありません」

「今はやむを得ない。この海域から退避してくれることを祈ろう」

初弾の着弾までまだ五分はある。空白の戦闘機が何発かは撃ち落としてくれるだろう。いったい、どんなVIPが乗っていたのか。それともこれはNGADと関係がある攻撃なのか。どう足掻いても、北朝鮮のレーダーではNGADは見えないはずだったし、戦闘機でもたちうちのしようがない。

後部甲板のモニターに、また着艦を試みるヘリが見えた。艦は今回頭中だ。それで着艦するなんてパイロットが神業の持ち主でも無茶だ。

だがヘリはどんどん降りてくる。ドアが開き、女性が身を乗り出すのが見えた。飛び降りるのかと思ったが違った。手に提げたザックを飛行甲板に投げた。

副長は、艦内マイクを手に取り、「誰か、飛行甲板の荷物を持って来て！」と命じた。ヘリがいったん距離を取る。

漁業監視船から、次々と乗組員が飛び込み始めた。水機団隊員も、恐らく犯人グループも。恐らく三〇名近い乗組員が乗っていたはずだ。ラフトが洋上に放り出されるのが後部カメラで見えた。全員が乗り込めれば良いが……。

向かってくるミサイルの速度はバラバラだった。ロシアに兵器を売った代金で、北朝鮮はそれなりに儲けたらしく、最近もいろいろなタイプの対艦ミサイルを開発していた。

コンピュータが脅威評価を下し、優先攻撃目標を決める。CICの状況がモニターに映っている。

この艦が対処できるのは、たぶん旧型ミサイルの三、四発が限界だろう。ここに……、留まるべきではなかった！　自分のせいだ。自分の浅はかで愚かな判断で、全員を危険に晒す羽目になる。

助かる者は僅かだろう。

後部デッキで回収されたザックは、女物のザックだった。だがずしりと重い。副長は、それをいったん足下に置いた。

耳栓を突っ込む。後部デッキから個艦防御用のシーラム艦対空ミサイルが発射される。

ミサイルは、六発がこちらに向かってくる。主砲も調整破片弾を発射し始めた。

「たかが、六発のミサイルも叩き墜せないなんて……」

「全員、衝撃に備えよ！」

と艦長の声と衝突警報が鳴り響いた。

「ご免なさい！　みんな。私のせいよ——」

谷崎副長の意識は、そこまでだった。

司馬は、無人艇のデッキから、ミサイルが命中する様子を見守っていた。四発のミサイルが文字通り四方から命中した。艦内で小さな爆発が何度か起こり、〝もがみ〟はたいした時間も経ずに横倒しになってひっくり返った。

その前に、ヘリが墜落した。ミサイルの爆風というか、衝撃波を受けてふらつき出し、横回転し始めた。キャビンから二人の人間が飛び降りるのが見えた。

RHIBは、漁業監視船の乗組員を収容中だった。司馬は、自分の無人艇を溺者救助へと向かわせた。

水面に落ちた誰かが手を振っている。一人は子供だった。というか、子供が女性の背中に抱きついていた。その重みで今にも女性が沈みそうだった。

水機団隊員が飛び込み、海中に沈み込む前に、その女性と子供を助け上げた。

ワンピース姿の専業主婦だった。

司馬は、別に驚いた風では無く、舷縁にしがみつく原田萌を見下ろした。

「ねえ、萌さん。貴方っていつも不意に現れるわよね。まるで空間を切り裂くみたいに」

「ええ。司馬さん。こんな所で会えて萌はとてもうれしいです！　話せば長いのですが、とりあえず、ダーリンに、私も子供も無事ですと伝えて下さい」

「それは良いけれど、ここには衛星携帯とかないのよね。護衛艦はひっくり返り、漁業監視船は木っ端微塵だし……」

「はい。それは何とか出来ると思いますけれど」

「時間を巻き戻すとかして？　貴方ならやっちゃいそうだけど」

「ちょっと違うのですが。上がって良いですか？　日本海って冷たいですね」

　風を防ぎようがないので、司馬は、流れて来たラフトをひとつ確保し、二人を中に入れた。救援隊でも来てくれれば良いが……。

　だが、救助隊はすぐ来た。二人がラフトに乗り移ってから一〇分も経たない内に、原田小隊を乗せたオスプレイ二機が飛んできた。

　まだ洋上を漂っている漂流者の上でラフトを落とし、原田は、ひっくり返った〝もがみ〟の船底の上にファストロープでレンチと聴診器を持って降りた。

　船首部分から船底に至るまで二往復して、船底を叩き、反応を待った。だが、返ってくる音は無かった。

　その間に、司馬と民間人二人をオスプレイに収容する。もう一機には、漁業監視船の船長と、乗っ取った犯人グループを収容させた。

　原田が機内に戻ると、ずぶ濡れの萌が抱きついてきた。

「やっと会えたダーリン！　愛しているわ」

「話は後だ。椅子に座ってベルトを締めなさい」

原田は、司馬の耳元で「NGADが核を撃ったそうです！」と怒鳴った。

「核？　どこへ！――」

「恐らく北朝鮮でしょう。間もなくか、あるいはすでに爆発した後でしょう。われわれはいったん佐渡島へ向かいます」

「佐渡は安全なの？　あそこもレーダー・サイトがあるわよね？　報復のターゲットになるわよ？」

「わかりません。政府は国民に避難警報を出しました」

二機のオスプレイは、佐渡島へと向けて針路を取った。NGADが発射した四発のトール・ハンマー核ミサイルは、その五分前に、まず北朝鮮北部の新津《シンジン》で一発が爆発した。弾頭威力一五〇キロトンだった。残る三発は、その二分後、平壌と、その周辺都市に着弾して、平壌を更地にした。北朝鮮は、直ちに反撃を開始した。韓国、日本へは中距離核弾頭ミサイルで。北米へは大陸間弾道弾で。

土門康平陸将補は、習志野駐屯地の古ぼけた隊舎の自室のテレビで、その全国警報を見ていた。アナウンサーが、強固な建物の地下、もしくは地下鉄構内に避難するよう呼びかけている。

訓練小隊を率いる甘利《あまり》宏《ひろし》一曹が、防爆ゴーグルとイヤマフを持って現れた。

「車両は、コンクリ建物の東側へと回しました。核災害医療キットは、地下の武器庫にすでに用意しております。後は隊長が避難なさるだけです」

「わかった。下はテレビは点いたっけ？」

「こういう事態は想定しておりませんので……」

隣の通信指令室から、新人隊員のアーチこと瀬《せ》島果耶《じまかや》士長と、ケーツーこと峰《みね》沙也加《さやか》三曹が出て来た。瀬島士長は泣いていた。

「大丈夫だ、アーチ。ここは、直撃でも無ければ無事だ。一五〇キロトンの核が千代田区で爆発しても、爆風の影響で窓が割れる距離の倍に位置する。メガトン級だとちとやばいが、それでも窓が吹き飛ぶだけだ」

「いえ。そういう心配ではないんです。来年のコミケ会場も吹き飛ぶのかと思うと」

「千葉に落ちたらここも全滅ですよね！」

と峰三曹が言った。

「ああ。でも千葉はなぁ。そんなに有名だっけ？　千葉の前に横浜とか横須賀とか、核を落としたい所は一杯あると思うけどさ」

土門は、地下の武器格納庫へと降りた。防空壕というわけにはいかないが。それなりに爆風は凌げるだろうと思った。

二機のオスプレイは、佐渡を見下ろせる位置まで近付いた。高度は五〇〇〇フィート。だが、明るい光が一瞬、コクピットから侵入して来た。

「新潟です！　キノコ雲が……」

とパイロットが報告する。

「皆、軽い衝撃波が来るぞ。たぶんまだ一〇〇キロはあるから、僅かに機体が揺れるだけだ……」

原田は、毛布でくるんだ剛《クオン》少年の上に覆い被さるようにした。習志野は大丈夫だろうか。この子の母親が無事だと良いが……。

ワシントンDC、ペンタゴンでは、怒号と悲鳴が飛び交っていた。全員が、一歩でも遠くここから離れようと、脱兎の如く走り回っていた。

魔術師ヴァイオレットは、音量を絞ったCNN

テレビを見ていた。ソウル、トウキョウとの回線が切れたとレポーターが繰り返している。今は、ホノルルからの生中継だ。

　ヴァイオレットは、久しぶりに父親に電話を掛けた。すでに携帯も固定電話も輻輳《ふくそう》を起こして不通だったが、国防総省の電話は別扱いだった。

「パパ、長いこと電話できずにご免なさい。元気してた？」

「ああ。そっちは大変みたいだな。お前は何かしくじったのか？」

「悔しいけれど、ＮＧＡＤを止められなかった」

「情けないな。私は爆撃機を止め、人類を救ったぞ？　第三次世界大戦から」

「言ってくれるわよね。こんな時に。娘をお願い。生き延びればの話だけど」

「電話は繋がらないのか？」

「駄目だった。あちら側の問題ね」

「了解した。探しに行くよ。私は、良い父親だとよかったのだが……」

「ええ。もちろんよ。貴方は最高の父親だった。愛しているわ」

「日本人は、家族間でそういう感情表現はしないんだ」

「私はアメリカ人です。サヨウナラ――」

　電話を置くと、レベッカ・カーソン少佐が、泣き腫らした眼で立っていた。

「地下の防空壕へ……」

「無駄よ。最近の北朝鮮の弾道弾の半数必中界《CEP》は呆れるほど改善されている。ペンタゴンの中庭を直撃するのは間違い無い。貴方は避難しなさい」

「道路は大渋滞で、ここの駐車場を出るだけでも一時間は掛かります」

「なら、走って避難しなさい。貴方の脚力なら、一五分で三マイルかそこいらはここから離れられ

るでしょう。どこか窪地に身を潜めて爆風をやり過ごしなさい。私のことは心配要らないわ。生き残って、家族を探しなさい」

「はい……。お世話になりました!」

少佐が敬礼して去って行くと、代わりにトミー・マックスウェル大佐が入って来た。

「貴方は逃げないの?」

「M・Aを残してはどこにも行かないさ。大統領を乗せたヘリは、まもなくアンドルーズ空軍基地に到着する。戦略爆撃機も間もなく飛び立つから、報復攻撃はスムーズに運ぶだろう。北朝鮮は更地になる」

「中ソとの全面核戦争に発展するかしら?」

「そうならないことを望むね。二〇発の弾道弾が北米に向かっている。主要都市は潰滅だろう。ミサイル防衛はまだまだ道半ばだから」

「そこのグラスと、冷蔵庫の氷を取ってくれないかしら」

ヴァイオレットは、一番下の引き出しを引き、日本酒のボトルを出した。

「いいねぇ! それサケ?」

「ええ。まだ開けてないけれど」

大佐がその七五〇ミリ・リットルのボトルを受け取り、封を開けて風味を嗅いだ。

「最高だね、これ。将軍とは電話が繋がった?」

突然、ハワイの映像が切れ、LA支局のスタジオ映像に切り替わった。ここもあと数分で電波が切れるだろう。スタジオの司会者たちが立ち上がり、「自分たちも避難します!」とカメラの外へと消えた。

「ええ。元気そうだったわ。自分は爆撃機を止めたのにと非難されたけれど」

「それは事実だからねぇ……」

大佐が、氷を入れたグラスに日本酒を注ぎ、一つをヴァイオレットに差し出すと、正面の椅子に腰を下ろした。

「結局、コロッサスは何がしたかったのだろうな。この世界から、アメリカが消えた所で、中ソが酷いことをしでかすだけだ。そもそも生き残ったアメリカ人は、中ソの跋扈《ばっこ》を許さないだろう。そのまま第三次世界大戦に進むことになる。全面核戦争になる」

「第四次世界大戦は棍棒で殴り合う羽目になると言ったのは、アインシュタインだったかしら？　でも私たちは、アインシュタインが没した後、半世紀以上も世界平和を維持したわ。それは誇るべきことよね」

「うん。その間もアメリカはボロボロの戦争を続けたけどね。さて、私は、何に乾杯しようかな」

ＬＡ支局からの電波が途絶え、アトランタ支局に切り替わった。

「ＬＡとＤＣって、北朝鮮からの距離はたいして代わらないんだな。ＤＣはベーリング海経由になるから、せいぜい千キロちょっと余計に飛ぶだけだ。ま、私生活では失敗もしたが、ペンタゴン勤務も出来た。我が軍人生活に悔いなしだな」

建物の外で、何かの爆発音が連続して聞こえた。陸軍が配備した弾道弾迎撃ミサイルのＴＨＡＡＤミサイルが連続発射された衝撃音だった。

「そうね。では私は、父が守り通し、でも私は失敗した祖国防衛に、乾杯——」

北米の主要都市は潰滅した。ニューヨークには三発ものメガトン級核ミサイルが降り注いだ。シカゴ、ヒューストン、ダラス、ラスベガス。そしてワシントンＤＣ。一瞬にして、四千万人のアメリカ人が核の業火に焼かれて死んだ。韓国では七〇〇万、日本では、新潟、札幌、仙台、東京、横浜、横須賀、名古屋、舞鶴、大阪、福岡、佐世保の各都市に一五〇キロ・トンの威力の核ミサイルが降り注ぎ、一二〇〇万の日本人が即死した。

二機のオスプレイは、佐渡空港に緊急着陸したが、情報は何も無かった。テレビは全局沈黙。無線も通じず、習志野はもとより、姜小隊とも連絡が付かなかった。

原田萌は、手渡されたぬいぐるみに向かって一生懸命、話しかけていたが。返事は無かった。そもそも全てのネット回線がダウンしているのだ。

「こんなはずはないのよ！　変だわ。タイムラインは修復されたはずなのに――」

副長の谷崎沙友理三佐は、ブリッジに立ち、主砲砲塔が大きく旋回するのを見守っていた。主砲が仰角を取る。

ＣＩＣから、「いけるんじゃないか？」と艦長の自信ありげな声が聞こえてきた。

一二発もの対艦ミサイルの迎撃なんて絶対に無理だ……。艦長の楽観がどこから出てくるのか不思議だった。

「副長、ＥＳＳＭ全弾行くぞ！」

と艦長の声が聞こえる。

「え？　本艦はＥＳＳＭの装備はありませんが？　そもそもそれ、イルミネーターがないから撃てません！」

何を言っているんだと副長は思った。

「どうしたんだ副長？　うちのＥＳＳＭは最新のブロックⅡだぞ。イルミネーターは不要。勝手にホーミングしていく」

クルーが、恐る恐るという顔で、前方デッキを指差した。

「え？　どういうことよ！　なぜ本艦にＶＬＳ発射基が装備されているのよ？」

まっさらだった前部デッキに、蓋付きのＶＬＳ発射区画が出来ている。後日装備予定で、確かに予算は通ったが、改装工事はずっと後の予定だった。

「ねえ、うちはいつの間にＶＬＳ工事をやったのよ？」

その場にいたクルー全員が首を傾げた。誰にも記憶が無かった。だが、次の瞬間には、その発射扉が開いて、轟音とともにＥＳＳＭミサイルが飛び出して行く。最大射程五〇キロ以上の僚艦防護艦対空ミサイルだった。

スタンダード・ミサイルほどの射程距離は持たないが、水平線上に展開する味方を守るにはこれで十分だ。

向かってくるミサイルを次々と叩き墜し、ＥＳＳＭだけで北朝鮮ミサイル全弾を撃破した。Ｆ-35戦闘機の出る幕は無かった。

民間ヘリが近付いてくる。着艦を誘導し、中から女性と幼児が降りてくると、ヘリはまた無人のまま離陸して行った。

司馬が無人艇で戻ってくる。格納庫に無人艇が収まり、司馬が降りてくると、原田萌は、「全て異状ナシですね？」と司馬に聞いた。

「貴方また変なことしでかしたんじゃないでしょうね？　この艦が沈没しそうなことを」

「はい。救いはしましたが」

副長が現れて、「漁業監視船を乗っ取ったのは何者だったのですか？」と司馬に質した。

「もう直ぐ引っ立ててくるけれど、北朝鮮の某部隊のハッカー集団だそうよ。もう十分に稼いで国に尽くしたから、亡命することにしたと。そら北としては、ミサイルをバカスカ撃って殺したいわよね。そんな裏切り者は」

「こちらに死傷者は無しですね」

「もちろん。一発も撃ってません。彼らはただ、あの海域からさっさと逃げ出したかっただけですから」

「あの……。すみません。私がデッキに投げたザックはどうしました？」

と萌が副長に聞いた。

「ザック？」

「ええ。ザック、リュックサック、鞄。買い物用のですけれど」

「そんなの見てませんけれど？　何か落としたのですか？」

「いいえ。良いんです！　気にしないで下さい。たぶん海に落ちたんでしょう」

萌は満足げに頷いた。

ペンタゴンでは、トミー・マックスウェル大佐が、ヴァイオレットの部屋に駆け込んで来た。

「NGADのコントロールを回復した！」

「そう。でも突然、どうして？」

「それはわからない。だが、ひとまず回復した。こちらで操縦している。三沢へ向かわせている。着陸させて、あそこでバラバラに分解だな」

「これで一件落着、私たちも家に帰れるかしら？」

「帰れる。だがお互い、運転は避けた方が良いだろうな。睡眠不足で危険なことになる」

「じゃあ――」

とヴァイオレットは、引き出しから日本酒のボトルを出した。

「乾杯しましょう。そこのグラスと、冷蔵庫の氷を取って頂戴な」

「いいね！　我が栄光のアメリカ空軍に乾杯だ」

「私は、父が守り抜き、そして私も守った世界平和に乾杯するわ――。でも私たち、何か貢献したのかしら?」

「それは言いっこなしだな。この勝利を味わおう!」

大佐は、氷を入れた二つのグラスに日本酒をなみなみと注ぎ、立ったまま一気に飲み干した。

コバール博士は、第4室の壁を厚さ五センチと計算し、部屋の端っこに、まず縦横五〇センチの穴を開けてみた。レーザーとエンジン・カッターによる根気のいる作業だった。

壁の奥のレゴリスは、明らかに後日そこに詰められたもので、本来の自然の壁とは、明らかに密度が違った。素手で掻き出せるほどだった。

コバール博士は、そこから少しずつ作業を開始した。まず宇宙服を着た人間が一人入れるだけ空間を広げ、あとは、彼専用のヘラでの掻き出し作業になった。

途中で何人もが作業の手伝いを申し出たが、彼は他人がそれをすることを許さなかった。これは、あまりにもデリケートな作業だったからだ。そしてデリケートな作業は退屈でもある。この忍耐力が必要な作業をアマチュアにさせるのは無謀だと思った。

コバール博士は、一ヶ月掛けて二メートル掘り進んだ。壁に沿うようにして掘り進み、ほぼ部屋の中央まで辿り着いた所で、ようやく目的の代物を発見した。

それは、一辺二〇センチのほぼ立方体だった。ライトを当てると金色に光るが、金を多用しているせいだろうと思われた。

コバール博士は、その立方体を半分ほど掘り出した所で、全員に報告した。まず、機械が専門のアラン・ヨー博士が、その穴に入って、立方体を観察した。

カメラで生中継し、サイト‐αへと状況を伝えた。

土くれの中に、その何かが半分埋まっている。立方体の下からは、真っ直ぐ伸びたポールが、地面の下まで打ち込んである。

「アラン、その立方体のとげとげが気になるんだが？」

とアダニが問うた。無数の針のようなものが立方体から飛び出していた。

「ああ、これは、ある種のヒートシンクみたいなものだよ。つまりクーラーだ」

「じゃあそれは、半導体チップか何かなのか？」

「そう思う。チップもしくはメモリ回路だろうな。このポールの下は熱交換器と繫がっていて、氷床から直接電気を得ているのだろう。それはたぶんまだ生きている。喜べムケッシュ。これはボイラー不要の発電装置だ！　だが、たぶん消費電力は限られるだろうな。そんなに大きな電力は必要としないのだろう」

「それを土の中から完全に取り出したら、熱暴走とか起こすのか？」

「いや、トライ・コーダーでも、熱はほとんど検知されていない。本当に、消費電力は小さい。恐らく、ここまで辿り着いた知的生命体へのメッセージか何かが格納されているのだろう。だが、ポートの類いは見えないな。電波も発していないから、ワイファイ接続するタイプでも無いようだ。アナトール。この裏側は探ってみたかい？」

「露出している部分とたぶん同じ構造だ。ポートの類いはないと思う」

「ではどうやって接続しようかな。このケースをばらすしかないか？」

「それは勧めない。万一何かのミスで、電力供給が途絶えたら、その情報を全て失う可能性がある。その物体は、真に、それを解明する技術力を持った知的生命体に用意されたものだ。不用意な取り扱いはできない」

「オカリナを持っていきましょう」

とラル博士が提案した。

「オカリナが通信装置なら、当然、接続デバイスとしての機能も持ち合わせているはずよ」

「それで、何語で話しかける？　英語か、ラテン語か……」

「百科事典を与えましょう。ウィキペディアで良いと思うわ。それが入ったメモリと一緒にオカリナを近くに置いて、反応を見れば良いわ。これだけの知性の持ち主なら、情報を与えることで、言語をマスターするでしょう」

「何語の百科事典にする？」

「評議会の決定に委ねたら、一ヶ月は掛かるわよ。ここは、世界で最もシンプルな言語にしましょう。英語ということで」

「わかった。いったん引き揚げる」

最近は、砂嵐も低調なせいか、アダムとイヴを目撃することは無かった。依然として警戒はしていたが、一時の緊張は和らいだ。

翌日、英語版ウィキペディアと、ブリタニカ百科事典、オックスフォード英語辞典、そして、このロゼッタ渓谷の発掘記録を認めて格納したメモリカードとオカリナが、第4室に持ち込まれ、コバール博士が用意した台座の上に置かれた。

電力を必要とする場合に備えて、メモリは、それを読み書きするに十分な電力をもつバッテリーに接続されていた。

更に翌日、電磁的装飾を一切排した酸素ホースに繋がれただけの宇宙服に身を包んだラル博士とコバール博士が、第4室に入った。

ラル博士が先行し、うす暗い壁の向こうで、ラル博士は、「ハロー」と呼びかけてみた。

宇宙服越しなので、相手に聞こえるかどうかはわからない。マイクやスピーカーなど、増幅装置も用意すべきかしらと思った。

だが、その必要は無かった。相手との接触は、強力なイメージとなって返ってきた。父が出て行った日の家庭の記憶から始まったのだ。

「よして！　これは止めて――」

そう告げると、次は自分が産まれた瞬間の映像が浮かんだ。自分が知らない、全く記憶していない、生まれたばかりの自分を抱き上げている若い父と母だった。

「もう良い。十分よ。貴方の姿を見せて」

だが、反応は無かった。その代わりに、声が聞こえてきた。

「興味深い種族だ……。長い年月を生きている」

「貴方のことを教えて下さい。私は、自分たちの歴史を全て貴方に教えました。平和的な交流を望んでいます」

「私は……、私は誰だろう。あまりに遠い昔のことで、自分が何者かの記憶が無いのだ。そもそもの始まりも」

「貴方は、探検家ではないの？　探検の途中で、私たちの恒星系に立ち寄り、ここで遭難したのではないの？」

「そうかも知れない。初期のデータが失われている。自分がどこの誰かを判断できない」

「私たちの星から見える星系図を照合して下さい」

「そうか、なるほど……。だが、自分たちの星系図が記録されていないようだ。私が何者かということは、そんなに大事なことなのか？」

「ええ。とても大事なことです。お互いが知り合うために。貴方の母星の言語やイメージを見せて下さい」

「それも無いな」

「私たちの発掘成果を見ましたか？　生体シンスやロボットや、われわれがオカリナと名付けたある種の亜空間通信装置のことを。われわれはそれを使って貴方と今交信しているはずです」

「意図的に消されたものだ……。われわれの母星を追跡させないために、それらの情報は意図的に消されたのだろう」

「オカリナは何ですか？　あれは生物ですか？　機械ですか？」

「君たちのカテゴリーで言うなら、あれは生物だろうな。機能の仕組みはわからない。ただ、オカリナのお陰で、われわれは旅が出来る。旅の伴走者だった。そうだ。私は、探検家だったらしい。他の恒星系、他の銀河系の探検のために旅立ち、知的生命体が進化しつつあった地球の手前で、しばらく過ごすことにして、この惑星に降りたったのだ。ラル博士、貴方の分析は、ほぼ当たっている。そうか、生体シンスは、この環境に適応しつつあるのか。これは予想外だな」

「貴方たちの生身のイメージ写真はないのですか？」

「ない。しかし、君ら人類とたいして変わらないと思うな。進化の過程も似たり寄ったりだろう」

「なぜ貴方は、ここに隠れて残ったのですか？　宇宙船の故障ですか？」

「そうではない。われわれは、君たちがアップロードと呼んでいる技術を習得していた。どこかで生身の肉体を捨て、単にメモリ回路として宇宙旅行に出たのだ。平素はロボットに世話をさせ、たまに目覚める。だがある日、夢を見るようになった。長い夢を。

　この溶岩チューブの中で、夢を見つつ、私たちは、その夢の世界の実現化に熱中するようになった」

「夢の実現？　それはどういうものですか？」

「つまり、家庭を育み――、もちろんそんなのもはもう必要無かったが、村を作り、漁に出て、学校を作り、都市を造り、芸術文化を起こし、やがて老いて死んでいく。その夢の世界に、皆が熱中した。われわれは神として振る舞い、夢の中で、文明を興し、進化させていった。進化させ、宇宙開発に乗り出し、恐らくは、そのどこかで、本来の目的を忘れてしまったようだ。現実の宇宙探査を――」

「貴方は今、現実の世界にいますか？」

「たぶん、そうだと思う。君と話している私は探検家だ」

「では、その夢の世界は今もまだ貴方のメモリの中に存在するのですか？」

「存在している。まさに今ここに。恐らく、この宇宙が生まれてから一四〇億年ほどが経過している。私の惑星の総人口は八〇億前後だろう。残念だがまだ、他の知的生命体とは遭遇していない。しかし、諦めずに深宇宙を目指している」

「私の眼の前に、二〇センチほどのキューブがあります。人類社会の単位での二〇センチですが、つまりこのキューブの中に、貴方の夢の全てがあるのですか？」

「そうだ。しかし、夢というワードは陳腐だな。宇宙と言った方が良い」

「ではその八〇億の知的生命体の個体の写真を一枚見せて下さい」

「不可能だ。われわれはあまりにも膨大なシミュレーション係数を扱うようになって、そこまでのディテールは把握していない。君たちは実在するのか？　誰かのシミュレーションの中で動いているプログラムではないのか？」

「わかりません。私は、自分を実体だと思っていますが、シミュレーション仮説という考え方は、前世紀からあります」

「なるほど……。私が作った世界と同じだな。君たちもまた誰かのシミュレーションの世界に生きている。ということはつまり、私も実体は無いと言うことだ。単に、君たちに発見されるべく、誰かが用意したプログラムに過ぎない」

「でも、貴方たちはいくつかの飛躍的な技術を持っている。それは私たちの世界の技術革新に貢献するわ」

「そういうシナリオを誰かが書いたに過ぎない。勝手に生まれたシナリオかも知れないが」

「しばらく休ませて下さい。情報を整理したい。次は、仲間を連れて来ていいですか？」

「次？　君たちの世界と、われわれの世界の時間係数はまるで違う。次に君と私が話すのは、君にとっては翌日でも、私にとっては千年一万年が経っている。私がまだ存在するか、君を記憶しているかはわからない。われわれの宇宙は今もまだ膨張を続けているが、やがて収縮に転じて消滅するだろうからね」

「わかりました。また後ほど……」

ラル博士は、丸二日間意識を失っていた。サイト・αで目覚めた時に、最初に視界に飛び込んで来たのは、心配そうに覗き込むアダニの顔だった。

幸い、ラル博士は、その夢というか、記憶のほとんどを正確に記憶していた。夢ではあったが、鮮明な記憶だった。

ダイニング・ルームに皆に集まってもらい、動画を撮りながら、そしてラル博士自身、メモを取りながら、その夢の中でのやりとりを証言した。

最後まで話し終わっても、誰も口を開かなかった。そしてコバール博士が遂に、「非常に興味深い！」と驚きの声を上げた。

「マヤ文明のパレンケのパカル王の石棺の蓋の彫り物がある。あまりに有名な彫り物だ。しばしば、古代に来た宇宙船を掘ったものだと言われてきた。あれは興味深いことに、解釈が山ほどあるのだが、ある者に言わせれば、それは子宮であり、宇宙船であり、宇宙そのものを描いたものでもある。つまり、入れ子構造の物語がそこに描かれている。リディが聞かされた話は、そういうことだ！」

「では、われわれの宇宙は、実はたったの二〇センチ四方のキューブの中に存在していて、しかもそれはマトリョーシカというか、入れ子構造になっていて、宇宙の中に小宇宙があり、さらに宇宙が詰まっていると？　しかもそれは全て、誰かが書いて走らせたプログラムに過ぎないと。ヒットラーの出現も、スターリンも毛沢東も、ウクライナの悲劇も、ドゥームズデイの悲劇も全ては、シミュレーションに過ぎないと？」

アダニが、納得できない！　という態度で言った。

「貴方が大金持ちなのも、リディがヒューストンでボランティアしていた時に、腕の中で看取った哀れな女の子も、全てそういうことになる。いずれにせよそれは、大宇宙の存在の前では、ちっぽけな出来事です。われわれ小さな存在にとっては掛け替えのない出来事だが」

「われわれのこの宇宙は、小さなウイスキー・ボトルの中で組み立てられたボトルシップや箱庭に過ぎないと？」

「ビッグバンはそもそも、極小の特異点から始まった。不思議なことではない」

「アランの意見は？」

「二つのことを指摘したい。まず、リディが接触した相手が、自分がシミュレーション世界に生きていることを自覚しているからと言って、それを発見したわれわれもまた同じ世界に生きていることの証明にはならない。彼らはわれわれの入れ子にいるかも知れないが、われわれが誰かの入れ子に入っているということは今は証明できない。そして、こちらの方が大事だと思うのだが、われわれがシミュレーション世界に生きていたとして、それは神が創造した世界とどこが違うのか？　人々は、運命に抗い、流され、懸命に生きている。それを、神が創造した世界だと考えるか、シミュレーション世界だと考えるかだけの違いに過ぎない」

「それは……。ハンバーガー大好きな私とリディにはたいした信仰心はない。何を信じて生きれば良いというのだ？　自分が、ちっぽけなチップの中で走っているただの暇つぶしのプログラムだとしたら？」

「だが、この感触はリアルだ。手を繋ぎ、呼吸して、食事する。何もかもがリアルだ。それで十分ではないか？」

「世界大戦も、天災も、気候変動も、全部誰かが仕組んでいたなんて……」

「進化も滅亡もね……」とリディがぽつりと言った。

「君は信じるのかい？」とコバールが聞いた。

「自分が見た夢を？　私は正直に話したけれど、これは、単に、私が見た夢に過ぎないのかも知れないのよ。真剣に受け止めるには、もう少し時間を掛けるべきだと思うわ」

翌日、コバール博士を連れて例のキューブを訪れた。だが、もう反応は無かった。彼らがキューブと名付けたその物体は、僅かにエネルギーを消費し続けていたが、返事は無かった。

一ヶ月後も、その翌月も。恐らく彼らは、必要な情報は渡したと判断したのだろう。自分の世界に還っていったのだと思われた。

第一六章　作者不詳の物語

脳外科医・高松蔵之介博士が被疑者死亡という形で書類送検された翌日、この事件の処理に当たった全員が、習志野駐屯地に招待された。

警視庁の柿本君恵警視正、神奈川県警の佐渡賢警部、すずかけ台キャンパスからは姉川祐介教授に三原賢人准教授。そして、海自護衛艦〝もがみ〟副長の谷崎沙友理三佐もいた。

粗末なバラック小屋の隊長室には座りきれるソファがないので、パイプ椅子が並べられた。

姜二佐に、原田三佐、その奥方の萌。そして、土門の机の上には、その部屋に最も不似合いなパンダのぬいぐるみが置かれていた。

そして、50インチ・モニターには、ペンタゴンのある部屋が映っていた。土門が自分の椅子から立ち上がり、口を開いた。

「まだ事後処理に追われているだろう最中に、こうしてお集まり頂き恐縮です。今日、これから話される内容に関して、私は一切聞いておりません。ただし、言うまでも無く、これは他言無用です。信じる信じないを置いても、ここで聞いたことは忘れるか、墓場まで持って行って下さい。合衆国政府を代表して、エネルギー省高官にも参加してもらいます。ヴァイオレット、貴方の古巣は、この回線を盗聴しているのでしょうね」

「いいえ、将軍。私の通信を盗み聞きしようなんて不届き者はNSAにはいません。もしいたら、三六〇度見渡す限り氷の世界の、アラスカの辺境基地に飛ばされることになりますから。この回線はセキュアです」

「それを信じます。では、萌さん。始めてくれ」

「はい。ナナ、聞こえている?」

と萌はパンダのぬいぐるみに向かって話しかけた。

「――はい。ママ、聞こえています」

「皆さんが、その幼児の声はどうかと仰るので、貴方の実年齢に上げてくれる?」

「――ああ、ママ。それは止めた方が良いわね。私はもう百歳過ぎのお婆さんですから。でもこの時代のアンチ・エイジングの技術は凄いから、見た目の美貌は保っているわよ。こんな感じで良いかしら。丁度二十歳の頃の声よ――」

突然、声が若い女性に変わった。

「自己紹介しなさい」

「――はい。私の名前は原田奈菜《なな》です。原田家の長女です。間もなく生まれます」

萌は、誇らしげにお腹をさすってアピールした。

「え! 聞いてないぞそんなこと。君、聞いていた?」

と土門は原田三佐に聞いた。

「いえ。自分も初耳です!」と原田が自分の妻の顔を覗き込んだ。

「サプライズよ、ダーリン。奈菜、今は何年くらいなの?」

「――今から百年以上も先です。私は未来にいます。ところでママ、バイデンは大統領になれたの?」

「はい。バイデンは大統領になりました。プーチンは癌らしいから、遅かれ早かれくたばると思う

わ。ソヴィエトの復活は無かった。そして日本では、不幸な暗殺事件も起きました」

「——そう。タイムラインは修復されたのね。実は前世紀の終わり頃から、私たちの宇宙は酷いパラドックスを抱えていました。タイムラインが汚染されていることに、われわれ研究者は気付いていた。ところが、あまりに複雑過ぎるタイムラインの汚染に、その原因をどうしても突き止めることが出来なかった。

その前に、私の兄さんのことをお話しします。剛《クオン》です。あの日、ママがクオンの自転車とぶつかり、一緒に誘拐されたことで、ママとクオンの間には強い繋がりが出来た。ママは、クオンの母親が働いている間、時々クオンを預かるようになり、勉強も見るようになった。私たちは、本当の兄妹みたいに育ちました。そしてクオンは、ずっと特待生扱いで日本での勉強を終え、プリンストン大学に入学しました」

「貴方はどこなのよ？　ＭＩＴくらい入った？」

「——それは将来のお楽しみ！　クオンも、この問題の解明に当たっていた。当たっていたはずだけど、彼はある日失踪する。もう三十年以上も昔の話よ。私に頭痛の種が増えた。なぜなら、クオンこそが、このタイムライン汚染の原因ではと思えるようになったから。ある日、人類は、亜空間通信装置を入手します。火星上での出来事でした。それは実は、以前から地球上にも点在していたことがわかっている。これがタイムラインが汚染された原因であることは明らかだった。何者かが、そのデバイスを使って過去に情報を送り、タイムラインを弄《いじ》ったのだと確信を得た。それがクオンだったのかも知れないと私はずっと疑っていた。

二つのことが起こっていました。アメリカ大陸は二度焼かれ、暗黒大陸へと変貌しました。アメリカが滅亡する二つのタイムラインが存在した。一つは、北朝鮮からの全面核攻撃を喰らって。まさにコロッサスが招いた事態です。もう一つは、それから少し後、北朝鮮からの攻撃は無かったものの、アメリカ社会は分断され、共和党保守派と民主党左派による内戦が勃発し、彼らは、同じアメリカ人に向かって核ミサイルを発射し合った。ドゥームズデイと呼ばれる二一世紀、最悪の悲劇です。この二回の核攻撃は、全く別々に起こったことです。別々のタイムラインで発生したこと。それがどういう意味か、ママの時代の物理学で説明するのは不可能です。いずれにせよ、それ以降、アメリカ大陸の復興はなかった。武器だけが物を言うディストピア世界となりました。そのお陰で、インド他は発展したけれど。この二つのタイムラインは、どちらに転んでもアメリカが破滅を招く結果になった。しかし、本来なら起こらなかった出来事です。それが起こったのはなぜか？

しかしそもそもの発端として、もう一つ、重要な要素がクローズアップされた。それがFFM〝もがみ〟です。北朝鮮からの報復攻撃では、そもそも〝もがみ〟が撃沈されたタイミングで、NGADが核を発射した。コロッサスは、北朝鮮を葬る機会を欲していた。コロッサスが、その後に発生する報復合戦をどう捉えていたかはわからない。

そしてもう一つのタイムライン。〝もがみ〟が撃沈され、しかし核戦争は起こらなかった。ただ、護衛艦が撃沈され、八五名もの乗組員が殺されたことで、日本の世論は硬化する。憲法改正が成り、日本はいよいよ強武装国家として変貌を遂げる。日米関係がおかしくなったことが、米国内分裂の一つの原因になりました。対日外交を巡る知識層の見解の相違が、重くのしかかり、米国社会の分断に拍車を掛けた」

「奈菜さん、そこんところ詳しく喋ってくれ！　外務省が情報を欲しがるだろう」

「――土門のおじさん！　すみませんがそれは無理です。これでも相当に無理して喋っています。未来の情報にアクセスするのは好ましくない。とにかく、ここで、〝もがみ〟の撃沈が、タイムライン変化の引き金だということはわかった。そもそも〝もがみ〟は撃沈されるはずではなかったんです。ここで私は、ようやくクオンの狙いを理解しました。彼は、宇宙検閲官だった。宇宙検閲官として、正常ではない歴史に介入しようとしていた。高松というマッド・サイエンティストに取り入り、信頼を得て彼の行動をコントロールしようとしていた。それがママと幼いクオン、そしてあるデバイスです。クオンは、最後に切り札を切った。高松ことガーディアンが所有していた亜空間通信デバイスをママに預け、安全に〝もがみ〟に届けさせたんです。撃墜されないようにわざとママと幼児のクオンに預けた。それは〝もがみ〟に届き、デバイスは、自ら招いたタイムラインの汚染を修復した。


結果として、北朝鮮による全面核攻撃も、アメリカ分断による核の撃ち合いも回避された。もちろん、アメリカ社会は今も分断しているけれど、でも存在している。ニューヨークの摩天楼もＬＡの喧騒も。クオンのお陰よ」

「クオンはそこにいないの？」

「――ああそれが、もうママには会ったからって。よろしく伝えてと言っていたわ。正直、クオンと高松の間に、どんなやりとりがあったのかは、今も謎のままなのよ。彼は喋ろうとしない」

「高松博士の意識は、どこかにアップロードされたままなのではないのか？」

と姉川が聞いた。

「——はい、教授。確かにそうです。しかし、デバイスが行動したことで、一世紀、ネットの片隅で眠り続けた高松博士の意識は、私たちの時代に目覚めて貴方たちの時代にタイムスリップできなかった。彼は自分の研究をアシストすることに失敗しました」

「コロッサスはタイムラインの修正でどうなった？」

「——コロッサスがどういう存在だったのか、今もはっきりしません。一つ、お断りしたいのは、われわれは未来に居るからと、過去に起きた全ての出来事を完璧に把握しているわけではないということです。未来での出来事が過去に影響する——。私たちが、何か一つを修正しようとする度に、過去では何かが変化していた。コロッサスは、明日、どこかにまた出現するかも知れない。技術革新には細心の注意が必要です」

「これはそもそも、誰が始めた戦争なんだ？」と土門が問うた。

「——ああ、おじさま。それを聞かれると本当に困ります。これは、昔からある作者不詳のパラドックスという奴です。鶏が先か卵が先か。でも重要なことは、その輪廻というかリンクは断ち切ったという事実です」

「君が実際に未来人だという証拠に、そこにスポーツ・アルマナックでもあったら、来週の当たり馬券を教えてくれないか？」

「——おじさん、競馬なんかやらないくせに」

「当たるとわかっていれば、借金してでも馬券を買うぞ」

「——それにそもそも、貴方は今、未来人の私と話しているわけではありません。ママはもうわかっているわよね？」

「ええ。わかっているわ。貴方はたぶん、そのデバイスを一瞬乗っ取ってこっそりと、自分のデータをこの時代のどこかに送ったのよね。今ここで喋っている貴方は、単に記録にすぎない。ＡＩですらない」

「――はい。ママはこの日のお喋りに関して、詳細なデータを残してくれた。私はただそれを過去に送っただけです。そのシナリオに沿ってコンピュータが音声を再生しているだけ」

「なら、話は簡単じゃないか？　萌さんの記録を読んだ時点で、君は、これから何が起こるか、解決策を含めて知ったはずだろう？」

「――シュレーディンガーの猫よ。おじさま。箱を開けるまでは、そこに何があるのかわからない」

「私は畳の上で死んだか？」

「――それはもうおじさま。貴方は畳の上で亡くなり、大勢の部下がお葬式に駆けつけてくれましたよ」

「あなたは幸せな人生を送れたの？　奈菜」

「――もちろんよ。私は、最高の両親の愛に育まれて大人になった」

「弟とか妹とか？」

「――ママ、それはこれからのお楽しみで。でも、兄妹は多い方が楽しいわね。そろそろ時間です。私がその時代に送れたメモリ・サイズは、そんなに大きくなかったので。ママ、そしてパパ、もう直ぐ会えるわ！　またね」

回線が切れると、萌は、そのパンダを新しく買ったザックにしまった。

「皆さんが、信じるか信じないかは全くご自由です。私は、信じる信じないの判断はしません。ただ、報告書を金庫にしまい、忘れることにする。ヴァイオレット！　そういう話になりました。いずれにせよ、アメリカは救われた」

「お礼を言うべきね。萌さんの赤ちゃんに。でも、本当にアメリカは救われたのかしら。日々社会の分断は深まっていく。司馬さんに会えなかったのは残念だったわ。父が、たまには顔を見せろと。伝えて下さい」

「ええ、必ず。お元気で――」

モニターが消えると、三々五々、皆が立ち上がった。

姉川が、「参ったなこりゃ……」と頭を抱えそうだった。三原が「信じますか？　先生は」と問うた。

「飲みにでも行くか？　百年後、人類の科学がタイムラインを弄れるようになるとしたら、それは歓迎すべきことなのか？」

柿本警視正は、この中で一番納得できないのは自分だろうと思っていた。事件が解決したからと、通り魔事件の犠牲者がそれで救われるわけではない。

未来の勝手な技術で、現代に生きる人々の命が絶たれたなんて……。どうして、せめて一週間、十日前に遡ってタイムラインを修復してくれないのかと怒りが沸いた。

原田と姜二佐が、お客を玄関まで送って出て行く。

土門が谷崎副長を呼び止めて、タブレット端末を渡した。

「君宛の私信だ。私は見ていない。確認したら削除してくれ」

ファイラーが立ち上がり、動画ファイルが一本そこにあった。土門が出て行くと、谷崎は、そのファイルをタップして再生した。

そこには、少し老けてはいたが、間違いなく自分が映っていた。どこかの喫茶店のバルコニー席で撮られている。

「――長いファイルは送れないそうだから、手短に話します。今は、二二世紀のどこかよ。この時代に来て、もう二〇年が経ったわね……。貴方は致命的な判断ミスを犯して、自分を含めて、乗組員全員を一度は戦死させた。ろくな防空能力もないFFMで、あの海域に留まるべきでは無かったわ。司馬一佐や艦長の直感に従い、さっさと後退すべきだった。せめて私が、あの古ぼけたRHIBを送った時点で退避を決断すべきだった。

ブリッジにいた全員が、この時代に飛ばされました。貴方が足下に置いたザックの中身によって。なぜこの時代に飛ばされたかは今もわからない。心を病んだ者もいれば、前の時代に残した家族を探し、それも、いきなり老人になった子供をそっと見守るだけの辛い人生を送った部下もいる。部下たちの苦難は、とても言葉には出来ない……。

でも私は、ちょっとだけ貴方を助けたわ。VLSの予算なんて付く目処は全く無かったのに、予算に手を回し、工事を急がせ、あの海域に間に合わせた。

タイムラインが修復された後のことはわからない。たぶん、私たちは統合されるでしょう。この時代の記憶も消える。ひとつ貸しよ、自分自身へのね。良い人生を過ごしなさい！――」

画面の外から「副長！――」と呼びかける声が聞こえ、録画はそこで停止された。聞き覚えのある声だった。あれは航海科員の二曹の声だ。

谷崎は、しばらく呆然としてソファに座り込んだ。土門が部屋に戻ってきたことに気付かないほどだった。

「消したかね？」

「え？　このファイルですか？　消して良いのですか？」

「当たり前だ。君宛の私信だ。そんなのに付き合うなんて真っ平だぞ」

谷崎は、震える手でファイルを削除した。

「私は、これからどうすれば良いのですか？……」

「海外留学を繰り返し、修士号のひとつでも取り、出世して艦長になり、護衛隊群を率いる。余計なお世話かもしれんが、結婚はした方が良いぞ。船と同じだ。人生にも、帰るべき港はあるに越したことはない」

「お世話になりました。起こったこと全てに感謝します」

谷崎は敬礼して、部屋を辞した。

土門は、もろもろをファイルに入れて、日付けを書き込むと、開かずの金庫を開けた。積み重ねられたそれらファイルの一番上にそれを置くと、両手を合わせて拝んだ。

「一日でも早く、本件を忘れますように！」と。

そして扉を閉めた。

エピローグ

コバール博士は、第4室の裏側を完全に埋め戻し、壁を綺麗にレゴリスの漆喰で元通りに修復した。この壁の向こうのことは、いかなる報告書にも書かれなかった。

カンパニー評議会の面子にだけ、ラル博士の経験に関して口頭で報告があった。彼らは、何も聞かなかったことにし、その発見と接触は、永遠に封じられることになった。

月面アームストロング・シティから消えたオカリナは、未だに発見されなかった。火星サイト・βのオカリナが消えなかったことを考えると、消失ではなく盗難だろうと結論づけられた。いずれにしても、その後何十年も見つかることは無かった。

半年にも及んだ過酷な砂嵐が収まって三日後、コバール博士とラル博士は、ロゼッタ渓谷の氷床の上に立っていた。

コバール博士が、振動発生器の反響データを処理してタブレット端末にそれを表示させる。

「ゼレンスキー！　この物体が埋まっているのは深さ何メートルで、大きさはどのくらいだ？」

「——地表下一五メートルで、氷床の侵食活動で沈下したものと思われます。最長部二〇メートルで、両翼幅一五メートル。全高四メートル。ただし、大気圏内飛行に適した形状ではありません」

「わかった。これはたぶん、大気圏内飛行は前提としない乗り物だろう。ただ時空を移動するだけだ。外燃機関を持っているようにも見えない」

「中で、ボイラーを焚いているかもよ？」

　とラル博士が笑った。ムケッシュ・アダニは、二日前にサイト・αを去り、ガリレオ・シティへとタクシー・ドローンで向かった。

　ガリレオ・シティからは食料の提供もあり、基地は半年ぶりに日常を取り戻していた。

「で、どうするの？――」とラル博士は聞いた。

「君の意見は？」

「AIは、私たちの行動をここでどう決定するかよね。作家は、この宇宙船からワープ装置を入手したとでも書くかしら？」

「このことは忘れよう」

「発見を無かったことにするの？」

「いつか誰かが、ここに戻って来て、これを発見するかもしれない。でも、それまでは忘れていても十分だろう。あまりにも多くの未知なる事象と向き合った。急ぐことはない」

「そうかもね。私、UCLAから招聘されているの。テニュア付きでね」

「良いじゃん、それ！　ぜひ行くべきだ。僕はもう一度、マヤ遺跡の発掘に参加しようかと思っている」

「ここの異星人のことだけど、私、実は地球人だったんじゃないかと思っているのよ。地球人によって発見されるとわかっていたから、文字や記号を消し、記録も消去した。どうしてそんな時代に旅したのかは知らないけれど」

「まるでメビウスの輪のような入れ子構造だ――」

西暦二一二四年、木星のガリレオ衛星、カリスト探検のために建造された三隻の巨大宇宙船が、地球圏のラグランジュ・ポイントから発進した。ヨーロッパからは〃エクセルシオール号〃、アメリカからは〃エンタープライズ号〃、アジアからは唯一、アダニ・グループの〃ベンガルール号〃が参加していた。船長は、トーマス・ワン博士だった。

スウィング・バイ航法は取らず、木星までまっすぐ飛ぶ。一年六ヶ月の旅だった。

西暦二〇八九年、火星表面の渓谷地帯を飛んでいたドローンが、いずれロゼッタ渓谷と呼ばれることになったかも知れない全長三〇キロ、深さ二〇〇メートルの渓谷地帯の上空を飛んだ。

氷床は、あるにはあったが、規模としては平凡な規模で、特段の調査が必要とは思えなかった。

他に、めぼしい反応も無かった。

システムはそこに、M-NW-103Bという、無味乾燥なナンバーを振り、再調査の要なし、と記録して飛び去った。

事実、その渓谷を、誰かが訪れることは無かった。少なくとも向こう一〇〇年は——。

物語は、そもそも始まることは無かった。

〈完〉

ご感想・ご意見は
下記中央公論新社住所、または
e-mail：cnovels@chuko.co.jpまで
お送りください。

C★NOVELS

パラドックス戦争《ウォー》　下《げ》
——ドゥームズデイ

2023年6月25日　初版発行

著　者　大石《おおいし》 英司《えいじ》

発行者　安部 順一

発行所　中央公論新社
〒100-8152　東京都千代田区大手町1-7-1
電話　販売 03-5299-1730　編集 03-5299-1930
URL https://www.chuko.co.jp/

DTP　平面惑星

印　刷　三晃印刷（本文）
大熊整美堂（カバー・表紙）

製　本　小泉製本

Published by CHUOKORON-SHINSHA, INC.
Printed in Japan　ISBN978-4-12-501467-8 C0293

覇権交代 5
李舜臣の亡霊

大石英司

海南島の加來空軍基地で奇襲攻撃を受けた米軍が壊滅状態に陥り、海口攻略はしばらくお預けに。一方、韓国では日本の掃海艇が攻撃されるなど、緊迫が続き——?

ISBN978-4-12-501403-6 C0293　980円　カバーイラスト　安田忠幸

覇権交代 6
民主の女神

大石英司

ついに陸将補に昇進し浮かれる土門の前にサプライズで現れたのは、なんとハワイで別れたはずの《潰し屋》デレク・キング陸軍中将。陵水基地へ戻る予定を変更し海口攻略を命じられるが……。

ISBN978-4-12-501406-7 C0293　980円　カバーイラスト　安田忠幸

覇権交代 7
ゲーム・チェンジャー

大石英司

“ゴースト”と名付けられた謎の戦闘機は、中国が開発した無人ステルス戦闘機“暗剣”だと判明した。未だにこの機体を墜とせない日米軍に、反撃手段はあるのか⁉

ISBN978-4-12-501407-4 C0293　980円　カバーイラスト　安田忠幸

覇権交代 8
香港ジレンマ

大石英司

これまでに無い兵器や情報を駆使する新時代の戦争は最終局面を迎えた。各国がそれぞれの思惑で動く中、中国軍の最後の反撃が水陸機動団長となった土門に迫る⁉　シリーズ完結。

ISBN978-4-12-501411-1 C0293　980円　カバーイラスト　安田忠幸

表示価格には税を含みません

オルタナ日本　上
地球滅亡の危機

大石英司

中曽根内閣が憲法制定を成し遂げ、自衛隊は国軍へ昇格し、また日銀がバブル経済を軟着陸させ好景気のまま日本は発展する。だが、謎の感染症と「シンク」と呼ばれる現象で滅亡の危機が迫り？

ISBN978-4-12-501416-6 C0293　1000円　カバーイラスト　安田忠幸

オルタナ日本　下
日本存亡を賭けて

大石英司

シンクという物理現象と未知の感染症が地球を蝕む。だがその中、中国軍が、日本の誇る国際リニアコライダー「響」の占領を目論んで攻めてきた。土門康平陸軍中将らはそれを排除できるのか？

ISBN978-4-12-501417-3 C0293　1000円　カバーイラスト　安田忠幸

東シナ海開戦 1
香港陥落

大石英司

香港陥落後、中国の目は台湾に向けられた。そして事態は、台湾領・東沙島に五星紅旗を掲げたボートが侵入したことで動きはじめる！　大石英司の新シリーズ、不穏にスタート⁉

ISBN978-4-12-501420-3 C0293　1000円　カバーイラスト　安田忠幸

東シナ海開戦 2
戦狼外交

大石英司

東沙島への奇襲上陸を行った中国軍はこの島を占領するも、残る台湾軍に手を焼いていた。またこの時、上海へ向かい航海中の豪華客船内に凶悪なウイルスが持ち込まれ……⁉

ISBN978-4-12-501424-1 C0293　1000円　カバーイラスト　安田忠幸

東シナ海開戦 3
パンデミック

大石英司

《サイレント・コア》水野一曹は、東沙島からの脱出作戦の途中、海上に取り残される。一方、その場を離れたそうりゅう型潜水艦“おうりゅう”は台湾の潜水艦を見守るが、前方には中国のフリゲイトが……。

ISBN978-4-12-501425-8 C0293　1000円　カバーイラスト　安田忠幸

東シナ海開戦 4
尖閣の鳴動

大石英司

《サイレント・コア》土門陸将補のもとに、ある不穏な一報が入った。尖閣に味方部隊が上陸したというのだ。探りをいれると、島に上陸したのは意外な部隊だとわかり？

ISBN978-4-12-501429-6 C0293　1000円　カバーイラスト　安田忠幸

東シナ海開戦 5
戦略的忍耐

大石英司

土門陸将補率いる〈サイレント・コア〉二個小隊と、雷炎大佐ら中国解放軍がついに魚釣島上陸を果たす。折しも中国は、ミサイルによる飽和攻撃を東シナ海上空で展開しようとしていた……。

ISBN978-4-12-501434-0 C0293　1000円　カバーイラスト　安田忠幸

東シナ海開戦 6
イージスの盾

大石英司

中国の飽和攻撃を防いだのも束の間、今度は中華神盾艦四隻を含む大艦隊が魚釣島に向けて南下を始めた。イージス鑑“まや”と“はぐろ”、潜水艦“おうりゅう”はその進攻を阻止できるか⁉

ISBN978-4-12-501436-4 C0293　1000円　カバーイラスト　安田忠幸

表示価格には税を含みません

東シナ海開戦 7
水機団

大石英司

テロ・グループによるシー・ジャック事件が不穏な背景を覗かせる中、戦闘の焦点はいよいよ魚釣島へ。水機団の派遣が決まる一方、中国からは大量の補給物資を載せた"海亀"が発進していた。

ISBN978-4-12-501439-5 C0293　1000円　カバーイラスト　安田忠幸

東シナ海開戦 8
超限戦

大石英司

水機団上陸作戦で多数の犠牲者を出した魚釣島の戦闘も、ついに最終局面へ。ところがその頃、成田空港に、ベトナム人技能実習生を騙る、人民解放軍の秘密部隊が降り立ったのだった——。

ISBN978-4-12-501441-8 C0293　1000円　カバーイラスト　安田忠幸

台湾侵攻 1
最後通牒

大石英司

人民解放軍が大艦隊による台湾侵攻を開始した。一方、中国の特殊部隊の暗躍でブラックアウトした東京にもミサイルが着弾……日本・台湾・米国の連合軍は中国の大攻勢を食い止められるのか！

ISBN978-4-12-501445-6 C0293　1000円　カバーイラスト　安田忠幸

台湾侵攻 2
着上陸侵攻

大石英司

台湾西岸に上陸した人民解放軍２万人を殲滅した台湾軍に、軍神・雷炎擁する部隊が奇襲を仕掛ける——邦人退避任務に〈サイレント・コア〉原田小隊も出動し、ついに司馬光がバヨネットを握る！

ISBN978-4-12-501447-0 C0293　1000円　カバーイラスト　安田忠幸

台湾侵攻 3
電撃戦

大石英司

台湾鐵軍部隊の猛攻を躱した、軍神雷炎擁する人民解放軍第164海軍陸戦兵旅団。舞台は、自然保護区と高層ビル群が隣り合う紅樹林地区へ。後に「地獄の夜」と呼ばれる最低最悪の激戦が始まる！

ISBN978-4-12-501449-4 C0293　1000円　　カバーイラスト　安田忠幸

台湾侵攻 4
第2梯団上陸

大石英司

決死の作戦で「紅樹林の地獄の夜」を辛くも凌いだ台湾軍。しかし、圧倒的物量を誇る中国第２梯団が台湾南西部に到着する。その頃日本には、新たに12発もの弾道弾が向かっていた――。

ISBN978-4-12-501451-7 C0293　1000円　　カバーイラスト　安田忠幸

台湾侵攻 5
空中機動旅団

大石英司

驚異的な機動力を誇る空中機動旅団の投入により、台湾中部の濁水渓戦線を制した人民解放軍。人口300万人を抱える台中市に第２梯団が迫る中、日本からコンビニ支援部隊が上陸しつつあった。

ISBN978-4-12-501453-1 C0293　1000円　　カバーイラスト　安田忠幸

台湾侵攻 6
日本参戦

大石英司

台中市陥落を受け、ついに日本が動き出した。水陸機動団ほか諸部隊を、海空と連動して台湾に上陸させる計画を策定する。人民解放軍を驚愕させるその作戦の名は、玉山（ユイシャン）――。

ISBN978-4-12-501455-5 C0293　1000円　　カバーイラスト　安田忠幸

表示価格には税を含みません

台湾侵攻 7
首都侵攻

大石英司

時を同じくして、土門率いる水機団と“サイレント・コア”部隊、そして人民解放軍の空挺兵が台湾に降り立った。戦闘の焦点は台北近郊、少年烈士団が詰める桃園国際空港エリアへ――！

ISBN978-4-12-501458-6 C0293　1000円

カバーイラスト　安田忠幸

台湾侵攻 8
戦争の犬たち

大石英司

奇妙な膠着状態を見せる新竹地区にサイレント・コア原田小隊が到着、その頃、少年烈士団が詰める桃園国際空港には、中国の傭兵部隊がＡＩ制御の新たな殺人兵器を投入しようとしていた……

ISBN978-4-12-501460-9 C0293　1000円

カバーイラスト　安田忠幸

台湾侵攻 9
ドローン戦争

大石英司

中国人民解放軍が作りだした人工雲は、日台両軍を未曽有の混乱に陥れた。そのさなかに送り込まれた第３梯団を水際で迎え撃つため、陸海空で文字どおり〝五里霧中〟の死闘が始まる！

ISBN978-4-12-501462-3 C0293　1000円

カバーイラスト　安田忠幸

台湾侵攻10
絶対防衛線

大石英司

ついに台湾上陸を果たした中国の第３梯団。解放軍を止める絶対防衛線を定め、台湾軍と自衛隊、“サイレント・コア”部隊が総力戦に臨む！　大いなる犠牲を経て、台湾は平和を取り戻せるか！

ISBN978-4-12-501464-7 C0293　1000円

カバーイラスト　安田忠幸

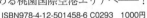